晓 梦 情 感 治 疗 系 心 理 小 说

COMFORT YOU

我用什么来安慰你

女心理咨询师的非常隐私档案

晓梦◎著

北京联合出版公司
Beijing United Publishing Co.,Ltd.

目录
contents

女心理咨询师的非常生活

One

非常，不正常。

高浓度、高密度地接触了太多充满了隐私、充满戏剧化的人生，这些年，我觉得自己的生活都开始不正常。

我，何梦瑶，一名三十五岁的资深心理咨询师，中等姿色，在美女称谓风行一时的恶俗时代，不喜欢说自己是什么美女，但绝对称得上秀外慧中，有自己独特的吸引力。

将近十年了，我通过来访者了解太多大起大落的生命故事，知道太多狗血的人生经历，不知不觉中，我自己的生活也莫名其妙充斥着许多非同寻常的因素。

比如，周末早晨突然响起的门铃声。

这铃声起初有些胆怯，我以为是什么人按错了，然而静了几秒钟，它就不屈不挠地再次响起来，那么刺耳。估计是来者不善，至少此人有些偏执。幸亏我的儿子，九岁的豆豆小朋友，还睡得正香，估计打雷都不会醒。

我披衣起床，悄无声息靠近门上的猫眼，既紧张又无奈地朝外望去。

天哪！杨洋阴魂不散地守到我家门口来了！

杨洋，这位"孤独的富二代"——"心时空"心理咨询工作室的同事背地里开玩笑给他贴的人物标签——怎么找上门来了？

此人一米七几的挺拔身躯靠在墙边，似乎在寻找墙壁的支持；他不时满怀希望地望望我家的门，不时又眼神发直，垂头丧气地想着自己的心事。

恼人的移情惹的祸！

这名二十二岁、戴眼镜、斯文清秀的男孩子找我做过几次心理咨询之后，发生了移情，他有时候把我当成他的女友——据杨洋说女友一个多月前抛弃他，然后去了外地；有时候把我当成他的妈妈——据杨洋说，妈妈在他八岁的时候就得癌症去世了。

从年龄的角度来看，若说当杨洋的女友，我可能稍微老了些；若说当他的妈妈，可能我又稍微年轻了些。可是，我们不能用寻常人的标准，来衡量一个陷入严重心理困扰的人。

稍微有点儿常识的人都知道，在周日早上七点、在事先没有预约的情况下跑到家门口来按门铃的，肯定是很成问题的人，或者是带来问题的人。

前些天杨洋不经预约，动不动就大半天待在心理咨询工作室守着我，一次次被我的同事礼貌地打发走。为了回避他，我已经一个多星期没去办公室，大部分心理咨询都是在安静的茶馆里进行。

这回他居然找到我家里来了——我估计他跟踪过我。

幸亏他没再按门铃。

我定定神，松口气，轻手轻脚地重新回到床上，开始思索对付他的办法。

对于发生移情的来访者，既不能伤害他，又不能给他一丝一毫的希望。

时间已经不允许我再赖回床上了，我呆坐在餐厅里寻思突围之道。今天虽然是周末，可我的日程排得很满，等下就必须出门。

上午九点，我要给一位自称姓郑的先生做心理咨询，他说他已经度过了有生以来最痛苦、最严重的时刻，有那么三天，他仿佛置身在炼狱之中，生不如死——当时他呼吸困难，水米不进。当我问他具体遇到的是什么事时，他却回答一定要见到我才当面跟我说。于是昨天晚上在 QQ 里，我们约好今天九点到我的工作室见面——我认为杨洋周末不会去工作室等我，没想到他直接把我堵在家门口了。

随手丢在茶几上的手机不合时宜地响起来，吓了我一跳，我赶紧跳起来接听。

"美女咨询师，我们约的是下午两点到三点吧？我确认一下时间。"

原来是认识不久的亿万富翁宋元清，我用开玩笑的口吻对他说："对，没错。大富豪，你不会是有什么其他事情要放我的鸽子吧？"

"没有没有，跟美女约好了，哪能失约呢？我是三点多钟要离开长沙，怕你有什么变化，所以先打个电话问一问。"

"我没有变化，非常荣幸跟宋董事长近距离交谈。下午见。"

"好，好，下午见。"

下午两点到三点，这段时间我确实是排给了四十多岁的大富翁宋元清。不过，这件事情有些特殊，并非宋元清找我做心理咨询，而是我主动约见他，因为和不同的人群打交道可以提升我的内心感受，增强我对事情的判断。

上周应朋友之约，一起和宋元清吃饭的时候，他的故事吸引了我。这位在自己的家乡显赫一时的人物声称目前蒙受奇冤、在长沙寻找援军，他的家族被一名和他儿子谈过恋爱的凶悍警花报复，据说那位名叫童欢的女警是公安局长的千金，她滥用职权，栽赃陷害，使宋元清的儿子身陷囹圄，他本人的生命财产安全也受到威胁。

这个人引起了我的关注，或者说好奇。我想知道这名亿万富翁本人的成长经历，以及这几天事情有些什么新的进展，所以两天前打电话约他聊聊，定了这个时间。

然后，四点整，我要接受一家非常有影响力的报社记者采访，就如何为高考考生减压给出专业建议。

不只是今天日程排得比较满，我的时间已经预定到了三天以后。周三我将去省电视台录一整天节目，以特邀专家的身份和一位二十多岁的美女主播——或者说绯闻女王、我的好朋友——唐艺馨一起，共同主持一档心理节目。

你看，事情真是够多的了，可还有人来给我添乱。

我忍不住叹息一声。

"妈妈，避孕套是用来干什么的？"豆豆突然大声发问，这个问题像一枚小型炸弹，把我震了一下。被震一下的原因：首先是这个问题来得非常突兀，而且特别雷人；其次是我担心豆豆的声音会惊动杨洋。

我不安地移到猫眼边又往外瞄了瞄。还好，杨洋没什么反应，估计是没听到。然后我快步往卧室走去。

豆豆已经不耐烦地大叫："妈妈！"我压低声音应道："来了！来了！"这小家伙不知道什么时候睡醒的。

昨天晚上已经跟堂弟约好，请他今天九点以前过来陪豆豆，加上杨洋守在门口，所以我一直没喊儿子起床。

这小子，估计醒来后到处乱翻，翻到他爸爸的床头柜里去了。他爸爸出差在外，还要过几天才会回来。

我轻轻推开卧室门，竖起右手食指对着豆豆嘘了一声，低声对他说："宝贝，我们家外面有个很奇怪的人，别再作声哦！"

豆豆手里拿着一个已经撕开了包装的避孕套，见我进门，冲着我扬了扬手里的东西，然后睁大眼睛盯着我，嘴里问："这个，这个是用来干什么的？"

晕！真的很晕！

我该怎么跟这个好奇心强、精力旺盛，如同患有多动症的孩子解释？

Two

豆豆乌溜溜的眼睛眨也不眨地盯着我，受我影响也压低声音好奇地问："是一个什么奇怪的人？"

我说："是找妈妈做过心理咨询的人。他把你的妈妈当成他自己的妈妈了。"

豆豆继续问："他为什么要把你当成他的妈妈？"

我说："因为他自己的妈妈已经去世了。嗯，怎么说呢？唉呀，这个问题妈妈一下子说不清楚。总之，他把我当成了他的妈妈。"

"你明明是我的妈妈，那个人怎么可能把你当成他的妈妈呢？他是疯子吗？"

"呃，不算疯子，他只是有些心理问题而已。"

"那他是不是坏人？"

"也不算坏人。"

"那他是不是想到我们家里来？"

"是的。但是妈妈不能让他来，他会干扰我们的正常生活。"

"那你可以打110，让警察叔叔把他带走。"

我眼睛亮了亮，豆豆提醒了我。

最简单的办法有时候是最有效的。如果杨洋不听劝告不肯离开这里，恐怕用警察来吓吓杨洋是目前能够奏效的解决方法之一。当然，这个方法不能乱用，否则会彻底伤了杨洋的心。

豆豆再扬扬手里的避孕套，毫不放弃地继续追问："妈妈，你还没告诉我避孕套是用来干什么的。"

看来一直潜伏的性动力越来越明显地在九岁左右的孩子身上发生威力。不久前，小家伙突然对吃奶这个问题产生了兴趣，说是想再尝尝妈妈的奶的味道，而且真的扑到我身上要吃奶，遭到婉转拒绝后，虽然没再坚持，但他振振有词地说："这又没关系，我们是母子嘛！"

眼下这个问题，跟性有着更为直接的关联，本该是由他爸爸来回答的。我不知道他爸爸如果没出差，而是此刻就在这里，他会怎么反应。

我呼了一口气，反问："你怎么知道这是避孕套？"

"这上面写了字啊！"

我看了看包装上醒目的几个字——说实话，我平常从没注意过，更谈不上仔细观察过避孕套的包装，根本不知道上面写了字。

我含糊地说："嗯，避孕套是你爸爸用的东西。"

"爸爸用的？爸爸又不会怀孕！"

"嗯，如果爸爸不用，妈妈就会怀孕。"回答这个问题的时候，我的声音已经明显变得更低，不知道为什么，即使我是心理咨询师，在谈论跟性有关的话题的时候，还是有些忸怩。传统文化的力量太强大了。

"可是妈妈你又没有鸡鸡，这个避孕套你怎么能够用？"

我一下子"哈哈"地笑出了声，然后觉得哭笑不得，再想说些什么，却发现自己张口结舌，不知道从何说起。

唉，九岁的小男孩儿，我一下子怎么把这件事向他解释得清楚呢？其实这个时候如果我有时间、有耐心，跟他实事求是地、详细地解说一下，不是不可以。

可是现在不行，今天我没时间向豆豆科学而又通俗地讲述跟性有关的事，只能改天再说。

更何况我根本没心思解释，于是我忍住笑，含糊地说："这样吧，等你长得更大一些，我再来告诉你是怎么回事。妈妈现在要想办法对付门口那个人。"

显然门口的大活人比避孕套更有吸引力。

豆豆一溜烟地往外跑，我一把逮住了他，再一次做了个让他噤声的动作，指指书房示意他去看书。小家伙做了个鬼脸，顺从了。

显然豆豆是个身心都很健康的孩子。

我很清楚一个人必须从小就拥有健康正常的心理，当然包括性心理。目前人类把性当作非常特殊的一件事，如果像一些很糟糕的做法那样，把性弄得很神秘，或者人为地扭曲性的观念，那是会误人误事的。

就在这一瞬，我想起一个星期以前在网上找到我，焦急地通过 QQ 跟我简单交流的一位母亲，她那十五岁的儿子突然一口咬定自己是女孩子——在家里偷偷穿女式睡衣，留了长头发，连名字都改得女性化了——弄得她这个当妈妈的一筹莫展；我还想起一个三十岁的离婚女人，她说她的性观念有问题，始终无法突破跟男人上床的障碍。这两例咨询都和性观念相关，并且她们都跟我预约了来咨询的时间。

各种各样的故事太多了。其实大多数心理障碍或者心理问题都跟性有关联。所以，我或者孩子他爸，有必要尽快找机会对豆豆进行科学而又简单的性教育。

但是，眼下，我得集中精力用最快的速度打发走堵在家门口的杨洋。

这将是一场不见刀光剑影、斗智斗勇式的较量，其中充满微妙的玄机。

Three

　　我猛地拉开门。

　　杨洋很明显地吃了一惊，他马上站直身子，又惊喜又羞惭地望着我。

　　我尽可能平静，但难免有些严肃地盯着他。

　　他眼神有些闪烁，但居然并不回避我的目光。

　　我们就这样对峙。

　　"梦，梦瑶，我终于等到你了。"他做了个吞咽动作，嗫嚅着开口。

　　梦瑶！太荒谬了！

　　尽管他嘴里吐出来最前面两个字——我的名字——但他只是口吃地、飞快地一带而过——就像吃到了什么很烫的东西，吐不出来，索性一下子把它吞进去——但还是可以听清楚。

　　他怎么可以这样亲昵地称呼我？在我面前，他是一个比我小十三岁的年轻男孩子。

　　当然，我知道，因为移情，这一刻，他在潜意识里把我当成他的女朋友了，但我必须表明自己的立场和态度。

　　我皱眉，但语气尽量温婉地说："请叫我何老师。请注意我是你的长辈。"

　　他低头，不语。

"你一大早来找我，有什么事吗？你是怎么找到这里来的？"我面无表情地问，但语气仍然是尽量温和的。

"我，就是想来看看你。有一次我做完咨询后，跟着你进了这个小区，看着你进门。我以前来过一次，按的是你家对面的门铃，然后才知道自己错了，赶紧走了。这次总算按对了。"

果然不出所料。我突然没了耐心，没好气地说："我没什么好看的，谢谢你关心。"

"梦瑶，呃，梦瑶老师，为什么你现在变得这么冷漠？你曾经带给我许多温暖的感觉。"杨洋的表情非常痛苦。

"因为最近这段时间你摆错了自己的位置，你忘了你只是我的一名来访者。我不是你的妈妈，更不是你的女朋友。"

他垂头，不语。

我继续道："人与人之间是有界限的。关系不同，界限也不同。当你把自己摆在来访者位置的时候，我可以以心理咨询师的身份，带给你温暖的、被关怀的感觉。可是如果你破坏了这个界限，把自己摆在不恰当的位置，那么，我们之间的关系就需要重新调整。"

他低着头说："我不知道为什么我要这样做。我非得要见到你，总想要跟你在一起。不然，我就觉得自己像个空壳，像个纸人，风一吹就倒了。"

杨洋是在他的女朋友许菲离去的第二天通过朋友介绍找到我的。

当时他非常痛苦，尽力压抑自己，过不了几分钟就忍不住像狼一般号哭起来。

他哭着哭着居然抱住我，就像我是他的妈妈，而他不过是个几岁的孩子——当时的情景，不容我拒绝。何况，恰当的肢体接触在心理咨询过程中是允许的。

平静下来之后，在交流中，他谈到许菲离开的原因是觉得他太依赖她，她在他面前活得太累。比如说，他的一切，包括衣食住行，都需要许菲帮他打理，如果她不在家，他经常饭都不吃，实在饿了，才跑到外面去胡乱吃点儿东西，总是饱一顿饥一顿。许菲离开的时候跟他说，她不想当一个这么大的男人的妈妈。

通过两次咨询，我觉得如果杨洋说的都是真实的话，那么他对两人分手原因的判断基本上是准确的。也就是说，他的认知是没有问题的。既然看到了自己的依赖和不成熟，那他当务之急要面对的，就是如何让自己更独立、更成熟的问题。

两次咨询之后，我感觉他明白了独立的意义。可是，问题来了，突然之间，他开始倒退，对我产生了移情。他平常有事没事老打电话给我，当他打给我的电话实在太多，基本上每两三个小时打一次，而且谈话内容纠缠不清的时候，我开始拒接，他就换卡打，但我一听出来是他，就立刻把电话挂掉。于是，他又抱着鲜花跑到工作室来看我，而且来了后一坐就是老半天，赶都赶不走。

我的同行，一位在省内颇有名望的心理咨询师梅玲建议我马上转介，也就是把杨洋介绍给别的心理咨询师。她说："移情很麻烦，如果来访者道德品质有问题或者人格有障碍，你会非常烦心，甚至非常危险。是真的很危险，在我知道的国内外案例里面，有因为移情而强奸甚至杀害心理咨询师的，你一定要保护好自己。"

她的话让我有些恐惧。我知道她是对的，但我还没找到恰当的机会把杨洋转介。

梅玲说的移情让人"非常烦心",我已经有所领教;不过,"非常危险,甚至强奸、杀害咨询师"——真有那么严重的后果吗?

杨洋应该不至于有什么太极端的举动吧?

可是谁又能打包票呢?我必须警惕。

Four

此刻我站在家门口,打量着杨洋,同时在脑海里飞快地梳理了一下给杨洋做咨询的过程,反省自己是否有什么不当言行,使得他对我产生移情。

应该没有——除了他说我长得像他妈妈,还说如果我年轻十岁,跟他的女朋友也非常像。当时我对他的话没有足够警觉,也没有对他的说法表示反对,只是笼统地回应:"有的人,可能粗看之下长得有点儿像;但仔细看,肯定不像。"

也许我应该在他刚有把我当成母亲或者女朋友的苗头的时候,就彻底掐断那一点儿萌芽,应该果断地说:"我是我,她们是她们,我们完全不像。"——可是这样,是不是太不够共情了呢?何况,谁又能保证如果当时我那样做了,杨洋就不会移情呢?

这世上许多事情,你没有办法进行对比,真是左右为难。

此时面对杨洋,他低着头像做了错事的孩子一般,我突然觉得转介的时机到了,于是冷冷地说:"我不是你的救世主,你必须自己面对你的人生。你像空壳也好，像纸人也好，必须自己想办法。本来我想帮助你，但是你的行为却让这种帮助无法进行。这样吧，我觉得你确实需要继续做心理咨询，但是，鉴于你的表现，我不能再当你的心理咨询师了，我打算把你转介给我的师兄，这样对你更好。我的师兄叫林云漠，曾经是湘麓医学院的博士生导师，现在已经是卫生系统一名领导，但他仍然愿意偶尔做做心理咨询。我把你介绍给他，他应该愿意为你做心理咨询，请相信，这将是你的福气，我相信咨询效果会更好。"

"林云漠"这三个字一出口，我的心神立刻随之荡漾起来。

然而这种感觉马上令我心里一惊。

什么意思？难道说我对这位前一阵子才真正认识的师兄动心了？

这位师兄，林云漠，是一个非常有魅力的中年男人，他身材适中，衣着永远整洁得体；他五官标致，气质之好就不用说了——如果念书念到博士，又成了博士生导师，气质还不好，那将是人生的一大败笔。

林云漠确实曾经亲口对我说过，如果有合适的来访者，可以考虑介绍给他，他仍然愿意偶尔抽时间到"心时空工作室"来做做咨询，因为心理咨询是他的专业，也是他的爱好，他一定会一生坚持下去。

我对自己提到林云漠时蓦然涌上心头的感觉有些意外。

难道人到中年、相夫教子的何梦瑶还会有什么情感纠缠？不应该是这样啊！

一听说我要把他介绍给别人，杨洋的脸立刻涨红了，他态度坚决地说："不行！我不接受！除了你，我不会再接受任何人做心理咨询。"

我于是适当妥协："那好，如果你想继续找我做咨询，我们之间必须建立明确的界限。除了我们预约的一周一次的咨询时间之外，没有特殊情况，你不能在我面前出现。不能去工作室，更不能来我家，总之，没有非常非常特殊的情况，其他时间不能见我。"

他犹豫了一下，说："我尽量。"

我纠正："不是尽量，是你必须做到这一点。如果下次你没有经过我的允许出现在我家门口，我会考虑报警，而且永远不再为你咨询。我说到做到。"

杨洋望着我，满脸受伤的表情，什么也不说。

我把声音稍稍放缓和了些："你赶紧走吧！不是何老师多么冷酷无情，而是，我是一名心理咨询师，对于来访者，我必须这么做。如果你能够做到我们刚才约定的条件，一周之后，我们可以恢复心理咨询。"

"一定要一周之后吗？"杨洋的语气很受伤。

"是的。"我毫无商量的余地。

杨洋叹息一声，慢慢走了，没有回头。

我吁了口气。

我断定他肯定还会再来找我的。

再过半个小时，就是我跟郑先生约好见面的时辰。现在，我必须把杨洋放诸脑后，把关注焦点调整到郑先生身上来。

他是否出发了？会不会爽约？

平常偶尔会有来访者放心理咨询师的鸽子，约好了时间、地点，却又失信。基本上每个心理咨询师都遇到过这种事，因为做心理咨询的人群中，相当一部分确实是有心理问题的，他们没有足够的意志力，很容易选择临阵脱逃。

我按照郑先生在 QQ 上留给我的手机号拨了过去。第一次显示无法接通。我有些疑惑，难道他留的号码有问题？

再拨一次，通了。我亮明身份，然后告诉他我准备出发。

我这样做是为了确认他是否会履约。

他说他已经在路上了。

好，至少这是一个守信用的人。

究竟会是什么事情使得这位郑先生把话说得那么严重呢？

"身在炼狱、生不如死"，这样的措辞称得上触目惊心。

算了，别乱猜了。我告诉自己。

我喜欢心理咨询师这个社会角色。因为这样，我可以有许多机会直接触摸人们的灵魂。每个人的内心都是一个幽深的世界，那里有你的想象力完全无法抵达的地方。

当心理咨询师当到一定的程度，对于一些事情的好奇心会变得有限。因为知道这世界上确实什么人都有，什么事情都可能发生，不管发生什么事情都可能是合理的，所以不必好奇。

对这世界的好奇心有日渐衰减的趋势，我不知道对此是应该表示庆幸呢，还是应该感到悲哀。

我的头朝出租车的座椅靠上去，有二十分钟车程可以闭目养神。

我要有足够的精力去面对马上就要到来的一场心灵风暴。

妻子怀的孩子是我的吗？

One

"这几天我的经历就像拍电视连续剧，根本不像是真的。"

这是郑先生的开场白。

而后他简单解说自己的背景。

三十三岁，圆脸，长相称得上阳光帅气，有一份非常体面而且收入不错的工作，一直以为自己生活得很幸福，然而幸福在瞬间坍塌。

看得出来他在尽力压制自己的痛苦心情。

"最痛苦的时刻我已经自己熬过来了。那几天我躺在床上，胸口很闷，很痛，呼吸都特别吃力，没有胃口吃任何东西，连水都喝不下。"

他依然沉浸在痛苦的回忆里。

"你还没告诉我，究竟是什么事情让你这么痛苦？"我缓缓发问。

"呃，怎么说呢？我老婆怀孕了。"他有意停顿了一下，"一般说来，这应该是个天大的喜讯，可是，她肚子里的孩子可能不是我的。"

"你为什么会这么说呢？根据是什么？"

"唉，说来很巧，大概是一个多礼拜以前吧，那天下午，我老婆不在家，我觉得有些困，于是想睡一觉。我这人有个习惯，临睡前喜欢打开电脑听听音乐，放松一下心情。刚好我老婆的手提电脑放在卧室里，我就想偷偷懒，不想去书房拿我自己的电脑了，顺手把她的笔记本拿到床上来。结果她的电脑只是处于休眠状态，而且QQ也忘了退出。我一碰，里面就有她和别人的QQ对话。她的一句话让我惊呆了，那句话是这样说的：'你怎么能这么不负责任？你是我肚子里孩子的爸爸。'"

讲到这里，郑先生停了下来，大大地喘了一口气。他停顿了两分钟才继续往下说。

"这话简直是一个大炸雷，把我炸晕了，半天我才缓过劲来。我根本不相信自己的眼睛，于是一遍又一遍确认那确实是她的QQ，一遍又一遍让自己相信她确实是在和别的男人说这样一句话。我可以算是电脑高手，平常我很信任她，从来没查过她的QQ聊天记录，现在，我不能不查了。一查之下，根据那些资料推断出来的残酷事实摆在我面前，她和她的一位同事保持着长期的性关系，甚至在跟我谈恋爱的时候，他们依然在一起。而她肚子里的孩子，是她跟那个同事的。那个男人有家有室，一再说过不可能跟她结婚，不可能对她负责。"

说完这段话，郑先生像个溺水之后好不容易爬上岸来的人，大口大口地喘气。

沉默了好一阵，等他平静下来，我继续发问："你的妻子怀孕多久了？"

"三个月了。我们结婚之后十几天，她去体检，就发现自己怀孕了。当时她好高兴的，打电话告诉我，说我们有宝宝了。那一刻，我觉得自己幸福得不得了。"似乎觉得有什么不妥之处，他再又解释了一句，"结婚十多天就检查出怀孕，这是成立的。"

我点点头表示认可："嗯，关于你发现她秘密这件事，你跟她有过交流吗？"

"有过。当天晚上，我就把她喊到茶馆里，先让她回答我两个问题。第一个问题是她究竟爱不爱我，她说她爱我，还说结婚是关系到一个女人一辈子幸福的事情，如果不爱我就不会跟我结婚；第二个问题是她肚子里的孩子究竟是不是我的。她开始说是，后来我把自己的发现告诉她，让她给我一个解释。她就承认跟那个男人有性关系，但她又说不是很确定孩子究竟是谁的。因为那几天，她同时也跟我在一起。"

说完这些，郑先生沉默下来。

我问他："你来找我，是希望我给你什么样的帮助呢？"

他说："我就想找个人好好聊一聊。因为这件事，我不能跟任何人说，朋友不能说，连双方的父母都不能提，因为这件事的杀伤力实在是太大了。我知道你们心理咨询师是要为来访者保密的。"

"这个你可以放心，保密是心理咨询的第一原则。就算我要把你的故事写出来，也要经过你的同意，而且用化名，并改变你的身份。除了我和你自己，没有人知道我是在写你。"

他点点头，过了好几分钟，他叹息道："那几天，我是真的痛苦得不行，你能够理解我的痛苦吗？"

我说："每个人都有过或深或浅的痛苦经历，我想我能够理解。其实即使是现在，我仍然能够感受到，你心里还是很痛苦，只是你把这种痛压抑下去了。"

他点点头，然后说："我真的无法理解我老婆是个什么样的人。我们谈恋爱谈了一年，她既然决定跟我结婚，为什么不断绝跟那个男人的关系？或者，她既然喜欢那个男人，为什么还要跟我结婚？她这个人，我是真的无法理解。"

Two

"这些问题你问过她本人吗？"

"问过，她说她和那个男人没什么感情，只是有性关系，他们之间不可能有未来。"

"你说你不理解自己的妻子，你能不能大概跟我讲述一下，在你眼里，她是个什么样的人？"

"她非常自我，非常独立，她不喜欢我太关心她，总希望我把精力放到事业上去。她是个相当优秀的人，怎么说呢，她是海归，在国外留学四年，现在她在一家非常好的外资机构里当中层管理人员。"

"愿意谈谈你们的相识过程吗？"

"我跟她是老乡，经别人介绍认识的。我们基本上是一见钟情，第一次见面，彼此感觉就很好。几个月前我们在老家举行了婚礼，那场婚礼，怎么说呢，在我们当地，绝对是引起轰动的，因为我和她的家庭在当地都非常有影响力，我们县里的主要领导都出面参加了我们的婚礼。"

"听得出来，你很珍惜你们的结合。"

"是的，我是很珍惜，可是，我真没想到会遇到这种事情。"

我看着他，缓缓点头。我不想再对他进行任何引导，这种情况下，他自己想说的事，才有处理的价值。

"刚开始，我真的是好痛苦。我跟她说，不行，我受不了。起初，我要她在两种方案里做出选择，一种是她把孩子打掉，我们重新开始；一种是她保留孩子，但我们离婚。她当时就说，无论如何她要把孩子生下来，因为她已经三十二岁了，打掉孩子担心将来再也不能怀孕。她说她同意跟我去办离婚手续。可是，思前想后，我又觉得我并不想离婚。我在想，出了这样的事，我不忍心丢下她不管。何况，也许，她肚子里的孩子如果是我的呢？我这样做，岂不是要后悔一辈子？然后，我就要她去想办法弄清楚肚子里的孩子到底是谁的，可是她说要半年之后才能够检测出来。唉！半年！那时候我连一天都快过不下去了。幸亏后来几天，我觉得我想通了，我觉得她肚子里的孩子究竟是谁的并不重要，重要的是我和她之间的关系。"

他的话让我吃了一惊。

我不知道他说的是自己的肺腑之言，还是受到什么影响说出这么一番话来，立场前后之矛盾让人困惑。我想，极可能是他在来找我之前，已经对自己审视过许多次了。

可是，这个说法是值得怀疑的。她肚子里的孩子是谁的，这怎么会不重要呢？这是一切冲突的核心所在。妻子肚子里的孩子究竟是谁的，当然非常重要。如果这一点不重要，他又为什么那么痛苦那么纠结呢？他又何必寻求心理咨询师的帮助呢？

应该说，哪怕他知道妻子肚子里的孩子真是别人的，他仍然愿意接受她，这才是真正的放下，自欺欺人是不行的。不是当事人，无法想象这其中需要多大的勇气。

但这只是我心里的想法，我没必要说出来，也不该说出来。既然他认为重要的是他们之间的关系，那就处理他们的关系问题。

"那你们之间的关系怎么样呢？"我顺着他的话发问。

"怎么说呢？我们是周末夫妻，平常是分开住的，她和她妈妈住在一起，就在她单位附近。我说过她很独立，她不喜欢我太关心她，还说如果我太关心她，会给她压力，并且说如果我把精力用到事业上去，她会更加爱我。"

我不语。

他说："总之，我决定，不管她肚子里的孩子是谁的，我都要好好跟她过下去。当然，这个决定可能还会有反复。目前，我们之间仍然有矛盾，前几天是她的生日，我给她送了一份生日礼物，结果她却生气了。"

给妻子送生日礼物她却生气，这件事本身不是什么很奇怪的事。因为如果送的礼物不恰当，接受礼物的人生气，这很正常。

但是鉴于他们之间刚刚发生的事情，在通常人的眼光里，他的妻子作为明显的过错方，他放低姿态送礼物给她——而且根据郑先生的表述，基本上可以排除礼物不恰当的猜想——而她对此的反应居然是生气，这就值得好好探究一下了。

Three

"你送的是一份什么礼物呢？"

"是一个纯金的小吊坠，它的形状是一把小钥匙。我妻子有一条项链，但是没有吊坠，我就给她配了这么个钥匙形状的小吊坠。"

钥匙。

可以推测，不管选择这件礼物是有意还是无意，郑先生送的这把小钥匙是有某种心理寓意的，比较合情理的一种理解是，他的心底有一把锁，他希望有钥匙能够打开他的心锁。

"她为什么会生气呢？"

"她说我们之间发生了这样的事情，我还送礼物给她，这样做是在给她的心理施加压力，让她更为内疚。"

我不语。这个女子的思维，确实有些特别。当然，她的行为背后，一定有某种心理动机。我没见到她本人，没听过她自己的说法，无法做出更多的推断。

就我个人感觉而言，这一切的症结，极可能是因为这个女子不爱郑先生，至少爱得不够。这是一件残酷的事情。当然，这仅仅是一种可能。可能性有很多种。当然，郑先生非常迁就，甚至纵容他的妻子，这也是显而易见的。

我仍然喜欢根据自己了解的情况大略还原事情的原貌，这是我的一种思维惯性——尽管我知道，心理咨询师是不能预设立场的。但是，完全不设立场，理论上可以，实际上却做不到。我只能在无意识设立某种倾向的时候告诫自己，可能性有许多种。

他们在长沙这座不算太大的城市，却人为地两地分居；结婚不到一年，她却一直和别人保持性关系；她口口声声说不要丈夫太关心她，希望他把心思用到事业上，而这其中的潜台词很可能就是——你不够优秀，我不爱你；想要让我真心爱你，你要变得更优秀一些。

当然，这仅仅是我个人的感觉和推测，我不能也不会把这种感觉向郑先生透露。向他透露是不负责任的。

更何况，爱是一件非常主观的事情，郑先生如果觉得他的妻子爱他，那就是爱；甚至就算她不爱他，可是只要他爱她，对他而言，两个人在一起就有属于他们自己的幸福，他还可以享受他爱她的过程，这也是一种爱。后现代的爱情观不是包括"我爱你，但和你无关"吗？爱一个人，不一定非要这个人同样爱自己。

眼前的郑先生看起来还有些孩子气，不是那种非常成熟的男子。成熟，是衡量男人非常重要的一个指标。而且成熟这件事，它是一种气质、一种能力、一种感觉，是一种综合素质，没有能够量化的指标，它跟一个人的年龄并不是成正比的。有的男人，二十几岁已是少年老成；有的男人，到了四五十岁，甚至垂暮之年，仍然不成熟；还有人一辈子都不成熟。

我想，郑先生对自己妻子的把握能力可能还有所欠缺。他的妻子，一个三十二岁的女人，据我推测应该是时下所谓的"三资女人"——有姿色、有资本、有知识。她很有能力，又有海外留学四年的背景，不难想象，她相当独立、难以驾驭，无论是感情生活还是其他，她应该有色彩斑斓的往昔。

我望望郑先生，对他说："你们平常相处，感觉怎么样？"

"也就平平淡淡。"郑先生有些没精打采。

可是我记得他说过，他们第一次见面，几乎是一见钟情，彼此感觉很好。

我沉吟一下，接着问："你们之间的沟通和交流，是什么情况？"

"反正平常各过各的，周末才在一起。"

"你来做心理咨询，她知道吗？"

"是她建议我做心理咨询的。她自己平常也做心理咨询，经常参加各种心理沙龙活动，只不过她不知道我具体找的是哪个心理咨询师。说实话，反正我不了解她。"

郑先生盯着自己的手机说："我现在很想给她发条短信，问她在干什么，是否可以晚上一起聊聊。"

"可以呀，你可以做这件事。"

郑先生精神振作起来，编了条短信发了出去。

等待对方回复的间隙，我问："你们之间沟通渠道畅通吗？也就是说，像你这样给她发短信，她是不是会很快回复？"

"嗯，有时候她手机在充电，静音，可能不能及时发现。"

"这样的情况多吗？"

"不算太多，但也不少。"

那么这一次，他的妻子会不会及时回应他呢？

Four

大约十来分钟，他的妻子回电话了。

我听不到她的声音，但是可以通过郑先生的回话和表情做出一定的推测。

她问他晚上具体要聊什么事情。

他说没什么具体的事，就是聊聊。

从郑先生的表情来看，她在电话那一头相当不满，责怪他不该无缘无故发一条这样的短信，让她以为有什么很正式的事，让她非常有压力。

他说没什么正式的事情就不能聊聊吗？两个人可以见一面，边聊天边吃饭。

她再问他到底想聊什么。

他说到时候再说。

郑先生接电话的时候，表情很复杂。他并不是很愉快，看起来甚至有些无奈，有些为难。我明显感觉得到他对她的包容和妥协里，有无可奈何的成分。

挂了电话之后，他说："她答应晚上和我一起吃饭，到时候我们会好好聊一聊。"

我点点头。

　　和郑先生见面的时间已经过去一个小时，第一次咨询应该结束了。

　　我说："今天你见我的目的只是想找个人说说你心中的秘密，这个目标你已经达成。你面临的这件事情，是你和你妻子两个人之间的事，如果你愿意在心理咨询师的帮助下来做出什么决定，那么，最好你跟你的妻子说说，下次让她一起来，你们共同来面对。就算她不愿意来，如果你自己愿意，我们还可以一起探讨你内心真正的感觉是什么。任何人遇到这件事，都会觉得痛苦。你可以好好想一想，如果你妻子肚子里的孩子确实不是你的，你是否愿意接受他们。"

　　他的妻子究竟是个什么样的人？有些什么样的经历和成长背景？最重要的是，关于这件事，她内心的真正想法是什么？他们之间应该建立起一种什么样的新型关系？他们以后会如何走下去？

　　这一系列问题，不是为了满足我本人的好奇心，而是，这确实是他们两个人的事，应该两个人一起来面对。他们可以在专业帮助下看到自己的内心。

　　问题是，他的妻子愿意来吗？

　　当然，即使她不愿意来，如果郑先生自己愿意，我还是可以帮助他一起解决他自己的问题。

　　比如说，他本人真正的愿望是什么？如果想离开，这极可能是人之常情；如果不想离开，是什么事情让他做出不离开的决定？如果想离开却又放不下，他放不下的究竟是什么？

　　他完全可以选择全然地敞开心扉，探索自己内心幽深的花园。甚至，一些话，他可以不用明白地告诉我，他只需要在我的专业帮助下，自己一步一步往下走。

　　最后我说："郑先生，谢谢你对我的信任。我想告诉你，在人的一生当中，对于一个明智的人来说，所有的痛苦都不会白费，一个人之所以会感到痛苦，是因为在那些让他痛苦的事情上，他还需要成长。请相信，有时候，痛苦是一份礼物，是来帮助你拥有更加圆满的人生。"

　　我不知道他对这段话究竟能够理解多少，能够接纳多少。

　　我不知道一周之后，他的妻子会不会和他一起出现在我面前。

　　我也不知道，到时候如果他的妻子不愿意参加咨询，郑先生本人会不会再来。

　　我不喜欢过于主动地跟来访者预约时间，如果他们自己觉得需要我，自然到时候会来找我。

　　郑先生走出门去，我暂时清闲下来，脑海里却立刻浮现出一个人影来。

　　一个非常顽固的影子，只要我停下手里的事，他就会牢固地盘踞在我心头，想甩都甩不开。

　　我不能不承认，他是我的师兄，林云漠。

假想的情人

"梦瑶老师，你有外遇吗？你有情人吗？"

常常会有因为遭遇婚外情来做心理咨询的女性来访者这样问我。

这是一个充满陷阱的问题，看不见的陷阱。

首先，关于是否有外遇，它是我的个人隐私，我不可能随意泄露它。虽然偶尔的自我开放是心理咨询的一种技能、一种技巧，但不能无度开放，一般情况下，心理咨询师真正的隐私是不能对外开放的，否则这名咨询师的处境就很危险了。

可是，如果对来访者提出的话题完全避而不谈，来访者会深感失望，觉得自己不被心理咨询师接纳，或者认为心理咨询师不真诚。

然后，这个问题不管怎么回答，答案都可能是错误的。

如果回答自己有外遇，那么，部分来访者可能会觉得找到了知音；而有的来访者却可能认为这个咨询师人品有瑕疵，因为他们对自己的外遇都是不认同的、充满道德焦虑感的，当然，更加无法接受心理咨询师的道德缺陷。

如果回答没有外遇，那么，来访者可能会觉得，这名咨询师根本就不能够体会到她的感受。

总之，回答这样的问题，要很小心，必须因人而异，把握分寸，要尽可能避重就轻。

就我本人而言，我比较常用的回答是："如果真的遇到非常合适的人，也许我不会排斥婚外情。可是你知道，许多事是可遇不可求的。"或者诚恳地说："请原谅我现在暂时不想谈论这个话题，我们的咨询进行到合适的程度，我们再找机会来讨论好吗？"

可是，拥有一个看起来也还幸福的家庭，扪心自问，我究竟有没有外遇呢？那究竟算不算外遇呢？

每次想到这个问题，我的脑海里就会浮现出我的师兄林云漠的形象来。想起他浅浅的却真诚的笑容，想起他温暖又深刻的眼神。

当我闲下来的时候，也会常常想到他，就像现在这样。

一想起他，我的心神便有轻轻的动荡。

他曾经是湘麓医学院的博士生导师，近几个月才被选拔成为省卫生厅的一名副厅长。

第一次见到他，是一年前，在酒桌上。那次朋友约我聚会，我迟到了。等我赶到的时候，他们已经开席，我扫视一周，只有正在接电话的他是我不认识的。

等他结束通话，朋友们作了介绍，这才发现，我们师出同门，是同一个导师的弟子，他大我八岁，我该叫他师兄。其实我以前读到过他的论文，对他的观点印象深刻，只不过，此时才算真正认识这个人。

彼此相视而笑的时候，我就感觉到，他会很喜欢我——正如我也很欣赏他一样。

第一次和林云漠单独见面是在半年前,在一家装修得非常古典而雅致的小茶楼里。

当时是我主动约的他——就像我约亿万富翁宋元清一样,再过几个小时我就要跟宋元清面谈——我需要跟不同的人近距离接触,来保持我的咨询状态和咨询质量。何况,我偶尔还写小说,这就更需要我从现实生活中挖掘写作素材,寻找写作灵感。

所以,对于引起我兴趣的人,我会非常坦然地邀请他们聊一聊。不过,我比较忙,真正让我发生兴趣并主动提出邀请的人非常有限。

当然,那时候我并没打算跟林云漠有任何特殊的接触。说实话,我是抱着很强的功利目的接近他的,我想从他那里取经,让自己成为一个更优秀的心理咨询师。那天晚上约他的目的,就是要跟他探讨一下我准备写的一本爱情心理小说,以及一个比较复杂的心理咨询案例。

我们第一次单独见面气氛非常融洽,是我欣赏的那种亲切甚至有些亲密、但又保持了恰当距离的氛围。

可是没想到他在跟我道别的时候,采取了一个比较积极的行动——在送我回家的路上,他居然闪电般吻了一下我的面颊,害得我的心蓦地要从胸腔里跳出来。我想也许是我主动约他,让他变得如此勇敢。

当然,如果不是他这么勇敢,我跟他可能不会有任何故事。

对于他这个举动,我有些矛盾。

一方面,我对他无疑是很有好感的,不然,我根本不会主动约见他;但是另一方面,这种闪电般的速度让我充满顾虑——我无法接受当两个人的心灵还很远的时候,身体却开始接近。

所以当他"偷袭"我的时候，我既没有明显抗拒，也没有热烈响应。对于这种依然有些陌生的吻，这在我的生命历程中还是第一次，我的心里充满了非常奇异的感觉——事实上，他的动作那么快，我也来不及有什么反应。

从此，我开始有意稍稍远离他，但我们依然保持着联系，偶尔打电话、发短信，就像好朋友一样，只是比好朋友多了些无言的亲近。

他感觉到了我的态度，但没说什么。此后他不再主动联系我，但是当我遇到案例想找他讨论，主动联系他的时候，他会积极回应。

我想，如果他是一个对感情非常渴望的人，他有的是机会——肯定有不少年轻漂亮的女研究生想要接近他；如果他并不重视感情，而是把绝大部分心思用到事业上，那么没关系，他对我也不会过于牵挂。

我们就这样若即若离。

直到最近一次，他走马上任卫生厅副厅长之后，一个月前，发生了一件让我哭笑不得的事情。

一天晚上八点多钟，我刚刚结束一场饭局，走在回家的路上。

就快到家的时候手机响了，我刚看清楚是林云漠的号码，他却挂断了。

我拿不准该不该给他打回去。因为我想，也许他是打错了电话，并不是要找我。

就在我犹豫不决的时候，他又打过来了。

他开口就说："我到了你订的茶馆。"

这句话让我一头雾水。

我没订什么茶馆啊！

我于是支吾着说："你，你是不是打错电话了？"

我想，也许他是和别的女子约定一起喝茶，要别的女人先订好茶馆，却错打了我的电话。

他"啊"了一声，把电话挂了。

几秒钟之后，电话又响了，还是他。

我犹豫一下，按了拒绝键。

他再打。

我只好接了电话，说："你确定你是要找我吗？"

他有些气恼地说："你装什么糊涂？"

我无辜地答："我没装糊涂啊。"

他含糊地说："我在我们上次见面的茶馆里，你快过来。"

他居然跑到我和他单独见面的茶馆里去了——那一次，我们在茶馆里并没有什么过于亲密的行为，他只是在说话的时候有意无意地拍了拍我的手臂，而且仅仅拍了一次，毕竟人在清醒的状态下，不会过于造次——这时候我才想，他如此表述不清，可能喝多了酒。

于是我马上打出租车去那个茶馆找他。

在路上，他基本上每隔一分钟就给我打一次电话，问我到了哪里。

一方面，我心里有微微的感动，因为感受到一种被殷勤关注的温暖；另一方面，我觉得又好气又好笑。

等我赶到茶馆，果然不出所料，他真的喝多了，有些醉意，但醉得不厉害。

我让服务员送来醒酒茶，然后和他有一搭没一搭地闲聊。他喝了酒之后，比平常更乐于交谈。

然后，他突然抱住我，深深地吻我。在他眼里，我看到了让我心灵震颤的深情，我也开始热烈地回应他。这一次，他在我心中不再是陌生的，我体会到了浓烈的爱的感觉。不要觉得奇怪，爱情从来就是瞬间发生化学反应的事情。

那一刻，真心的爱，是如此让人心醉地滋养我们的灵魂。

不知过了多久，他似乎渐渐清醒过来，我们聊了一阵，他就说要送我回家。

我们上了出租车。他一直拥着我的肩膀，先把我送到我所在的小区门口，然后，再吩咐司机掉头。我想，他自己回家应该没问题。

第二天早晨他打来电话，说他发现他的手机里有好多我的号码，问我前一天晚上是怎么回事。我笑着大约把前后经过讲了一遍，但没提我们之间的亲密行为。他朗声笑道："好家伙，是我自己先跑到茶馆里去的？"

我开玩笑说："我不知道，也许是哪个美女把你送过去然后溜走了，反正我到茶馆的时候，你已经一个人在那里了。"

他哈哈大笑着挂了电话。

我想，他确实是喜欢我的。因为他喝醉酒了，还想着要见我。可是，他清醒的时候，怎么反倒跟我保持那么远的距离呢？也许是因为他所处的社会地位决定的吧，他必须小心谨慎。

当然，这种距离也是我自己认同的。不然，我并不是没有勇气去接近他。

我珍惜这种感觉，喜欢一个人，就悄悄地把他放在心上。

更年轻一些的时候，总渴望轰轰烈烈爱一场，到现在，我已经明白，所有的爱，不管过程曾经多么绚烂，总会有平静下来的一天。

爱是活的，是一个有生命的过程，不管你曾经、现在、将来多么爱一个人，那份爱终究会衰减、转化、消亡。最终，你还是要自己爱自己，还是要自己跟自己在一起。别人的感情可能会改变，别人的生命中可能会出现一些意外，总之，别的人对你的爱和陪伴都是有限度的，只有自己对自己的爱可以永恒。所以，永远不要对除自己之外的人过于执着。

当然，我还是相信这世间也许有永恒之爱，可是，你确定自己会遇见吗？

此外，爱很多时候还是一种欠缺状态，因为某个人身上有你向往而你自己又欠缺的东西，你才会爱对方。那就意味着，你会渴望去获得那些你自己没有的东西。如果不能得到，就会引发诸多痛苦和遗憾，内心的各种冲突就会涌现。

看清了寻常爱情的本质和真相，我对短暂的激情就不再那么渴望。我的观念是，要爱就爱他个地老天荒；短暂的爱，心灵是得不到补偿和滋养的。

所以，我还无法定义林云漠算不算我生命中的外遇。

我宁愿把他当作假想的情人，也许这样，他反倒能够伴我一生。当我寂寞、悲伤的时候，我会对着某个虚无的角落，轻轻呼唤："云漠，云漠，请你陪伴我，请你安慰我。"

也许他永远不会知道我是用这种方式在爱他。

古代有一句诗，写得多么好："山有木兮木有枝，心悦君兮君不知。"

我不知道我和师兄林云漠将有怎样的未来，也不知道我们会不会像通常的所谓情人那样，身体和心灵都走到某种特别接近的程度。对于这种世俗的亲密，我不拒绝，亦不渴望。

但是，我愿意一辈子把他深深地藏在我的心底，不管我们将如何走下去。

咨询室里的壁钟开始整点报时，惊醒了我的沉思。都十二点了，我要赶紧叫个套餐，然后休息一下，因为下午要去一个茶馆见宋元清。

一个原本和你我一样的普通人，如何成为亿万富翁的？

我确实想探究一下。

亿万富翁的隐痛

儿子被关进监狱，自己私人账户上几百万元银行存款被冻结。

如果不是因为知道内情，从宋元清这张沉着的脸上，谁都看不出他遭遇了大麻烦，可见这是一个经历过大风大浪、沉得住气的人。

我们是在一家幽静的茶馆见面的。宋元清说跟我交谈完毕之后就要赶回老家去处理一些事情，所以他还带着司机——小罗，一个二十出头、看起来忠厚而机灵的小伙子。

为了谈话方便，他让小罗在大厅喝茶，我们两个人坐在包厢里交谈。

那天第一眼见到宋元清的时候，我以为他才三十多岁。

除了他那不言而喻的好心态，应该是适度运动和均衡的营养，使得他看起来非常年轻，而他的实际年龄是四十六岁。此人五官清秀，一米七五左右的身材，为人比较低调，没有传言中暴发户特有的飞扬跋扈。

我直接问他情况怎么样了。他知道我指的是他的儿子和他被冻结的存款，于是他笑笑说，公安厅的领导非常重视他的事情，很快就要有个说法了。

我说："你的儿子，他是怎么惹上大麻烦的？详细情况你知道吗？"

"说实话，我儿子宋威和那个女警察，好像叫童欢，究竟是怎么认识的，我不太清楚，反正他们平常在一起玩的有一大堆人。估计是一起混熟了，就在一起了。那个童欢，以前我根本没见过她，只听宋威说她是公安局长的女儿。后来我听别人说她吸毒，就不准我儿子跟她谈恋爱了。吸毒的女孩子，能够好到哪里去？宋威也还听话，我不准他跟童欢谈恋爱，他就主动提出跟她分手。可是她不愿意分开，见我儿子好像铁了心要离开她，她就采取各种行动开始报复。我没想到一个小丫头，会那么狠毒。"

"狠毒？"

"不狠毒怎么会把宋威搞到监狱里去？怎么敢假公济私地把我的银行存款冻起来？"

应该说现阶段太平盛世，中国的警察队伍绝大部分是正直而优秀的。但，任何地方都有良莠不齐的情况。蛮横的官二代不时也会浮出水面，比如之前被广泛关注的"我的爸爸是李刚"事件，一名区公安局副局长的儿子开车撞了两名女大学生，造成一死一伤，居然扬言："你们去告吧！我爸是李刚。"这童欢，一个女孩子，仗着自己的"李刚爸爸"如此行事，还真是不多见。

当然，还需要留意的是，我听到的只是宋元清的一面之词，是他述说的角度，也许这个故事，会有截然不同的版本。我是说，如果童欢在眼前，她讲述的说不定是自己正气凛然、大义锄奸的版本。

世间之事，从不同的角度，往往会看出不同的面貌。

但此时姑妄听之。

我问："她是用什么名义把宋威弄到监狱里去的？"

"宋威要跟她分手的时候，她开始还只是纠缠宋威，有一次，两个人在没人的地方不知道怎么就动起手来。宋威告诉我说是童欢先动手，她还开了一枪，幸亏没打到宋威，也可能她只是想吓吓他，没打算真的打他。后来宋威悄悄打了110，110到了以后，把他们俩劝开了。后来，童欢又举报宋威吸毒、跟黑社会的人混，于是公安局就派人来把宋威抓走。再后来，童欢自己牵头，带了另外一名警察，拿着盖了章的公文，以涉黑的名义，冻结了我的银行资产。事实上，我哪有什么涉黑？她自己才黑！唉，不知道这是一个什么样的世道，简直颠倒黑白。幸亏我这个人一直走得正，我的每一分钱都是清白的，而且我还经常做善事，捐款做一些慈善事业。幸亏我还不是一只小虫子，我有身份有地位，既是当地首富，也是市里一名政协委员。假如我只是个普通老百姓，一无所有，早就被他们捏死了。"

问题是，如果他说的都是真的，一名公安局长的女儿也不会去捏一只"小虫子"，我暗想。

当然这种想法不可能说出口，我只是说："既然公安厅的领导重视这件事，是非曲直，相信很快就会有个说法。"

他点点头，不语。

我问："宋威是不是真的吸毒？"

他犹豫一下，说："这个说实话，我不太清楚。不过，他是不是和那帮朋友一起偶尔吸吸K粉，这很难说。但是，如果他真的是因为吸毒被抓，那应该把他们那一伙人都抓起来，怎么只抓他一个呢？很明显这是童欢在报复他。"

果然，苍蝇不叮无缝的蛋。

我思索一下，继续说："我有句话，不知道当讲不当讲。"

他说："你说。"

我说："这件事情，你最好能够想办法大事化小，小事化了。不要与任何人为敌，甚至最好能够想办法化敌为友。当然，你自己的正当权益，肯定要保护好。我的意思是说，在保证你自己的利益不受非法侵犯的前提下，一定不要跟任何势力公然为敌，如果能把宋威放出来，把你的银行资产解冻，然后这件事你就算了，也别想着非要报仇。不然，今天你跑到省里来找领导，把他们压下去，明天他们又想方设法另外找你的岔子，你又再来找领导，这样冤冤相报，你哪来精力做你自己该做的事情呢？你是一名企业家，要把你的精力用到生产经营上去。上次我见到你，是六天以前，也就是说，为了这个事，你在长沙都待了个把星期。"

他叹息一声，缓缓点头。

我笑笑："请原谅我班门弄斧。"

他说："你是对的。看来怎么跟各方势力和谐相处，我以前下的功夫确实不够。我是个苦出身，我自己的家业都是靠自己一点一点干出来的，以前确实没想那么多。看来，真的是树大招风啊！"

这时候，小罗敲门进来，把手机递给宋元清。

宋元清对着电话说："唉，我这几天好辛苦咧！头发都快掉光了！谢谢你的关心！回去我请你喝酒吃饭。"

等小罗出去，宋元清看我一眼，欲言又止。

我也看看他，估计他可能想跟我说什么，但我不去问，他如果愿意说，自然会告诉我。

我猜，极可能这件事涉及他自己的隐私。

他喝了口茶，想了想，终于笑着对我说："刚才给我打电话的，是我们市里的一个电台主持人，人长得很漂亮，才二十五岁，以前采访我的时候认识的。她有时候打电话要我陪她吃饭聊天，我忙得要死，哪来那么多时间去陪她。"

我微笑。这个男人，终究城府不深。他把这种属于个人隐私的信息告诉我，一方面，说明他信任我；但另一方面，多少有些炫耀的意思。可见这个宋元清，也有不够成熟的、孩子气的一面。

宋元清说起电台主持人的时候，我突然想起一件事情来。

我差点儿把这件重要的事情给忘了。

一个名叫李岑岑、自称是电台主播的女孩子几天前加了我 QQ，她说她在网络上偶然看到我的博客，准备找我做心理咨询，但前提是，我要先把她博客上自己写的小说看一遍。

她说那篇小说的名字为"天使的翅膀"，但它其实并不是小说，因为上面写的基本上全部是真实发生的事情，除了人名和单位名称用的是化名之外，很少有虚构。她说之所以用小说这种文体，是为了保护自己。她把网址留给了我，还说那篇小说只写了四章，没有写完，她也不打算再写，余下的部分她将亲口讲给我听。

"梦瑶老师，虽然我不是什么专业作家，但我请求，这篇小说，您一定看得下去。请您一定要用心看一看，因为如果您不看，我就无法跟您进行对话。"她最后在 QQ 里还特意强调了一遍。

美女主播用小说文体写的真实故事，应该大有卖点吧？

这些天真是忙晕了，我居然把这件事忘得一干二净。有空的时候，我要赶紧把那篇小说找出来看看。

我也喝了一口茶，才开玩笑道："可见宋总太有魅力了，那么多漂亮的女孩子围着你转。"

他笑笑，颇有自得之色，接过我的话说："那些个女孩子，不过是图我有钱，哪会有什么真心？我也不会对她们认真，有空、有精力的时候，才会偶尔跟她们玩一玩。"

我没来由得感到有些悲哀。

本来想对此保持沉默，但觉得至少还是要表明自己的立场，于是说："女孩子们也不一定都是看中你的钱吧？也可能有人对你是真心的。其实怎么说呢？一个成功人士，确实不喜欢人家只是冲着他的成功而来。不过，要想到，成功，是他人生的一部分，甚至是他优秀品质的一部分。如果他不优秀，怎么能够成功呢？也许有的女孩子自己很优秀，也只对优秀的人感兴趣，所以，不要以为所有的人都是冲着你的钱才喜欢你。当然，一个真正聪明的女孩子，应该凡事把握好一个度，最好不要稀里糊涂地去喜欢一个并不自由的成功人士。也就是说，一个真正优秀又聪明的女孩子，确实不应该真心喜欢你。"

他哈哈笑着说："你的话很有道理，但是让我很伤心。如果真正优秀的女孩子都不喜欢我，我的人生就会失去很多意义。"

我也笑笑，转开话题："对于你自己最近遇到的这件烦恼事，你有什么感悟？你觉得自己是否有什么教训？我很喜欢间接向别人学习人生经验。"

他说："我觉得我最大的错误就是忽视了孩子的教育。如果我把我的孩子教得好，不跟那些乱七八糟的人交往，哪里会惹出这么些麻烦？只可惜我以前一直忙于事业，太没把心思放在孩子身上了。想起这件事，我胸口都痛，但是没办法，我想，也许，这是我为成功付出的某种代价。"

我觉得，时机到了。事实上，对于和他的面谈，我最感兴趣的部分就是他怎样成功的，何以能够成为一名亿万富翁。

成功故事对我而言非常有吸引力，因为现阶段我也渴望成功。

于是我问："是的，成功确实是有代价的。能不能说说，你是怎样成功的？"

"如果是从赚到钱这个角度来说，我确实可以算成功了。其实如果找对了方向，只要大气候好，一年赚它几个亿都不是什么难事。"

只要方向对、大气候好，赚钱根本不是问题——这是宋元清对于如何成功发出的感慨。

他喝口茶，继续说："关于我的发展历程，可能要从我爷爷辈说起。那时候我们家非常穷，我爸爸二十二岁的时候生了一种怪病，找不到原因，反正每天只能躺在床上，根本下不了地。这一病就病了十年，后来我爷爷考虑到家里实在太穷，没钱买药了，打算放弃治疗，可以说，他打算不要我爸爸了。于是爷爷停止买药，给我爸爸称回来几斤肉，说是对不起他，没别的办法，只能让他吃了那些肉就等死。没想到，吃完那几斤肉，我爸爸的病反而好了，能够站起来了。后来有人说可能我爸爸是因为营养不良得的病，吃了肉，补充了营养，所以就好了。这是我长辈的传奇故事，我把这个故事讲给你听，是想要告诉你我的背景，我的祖上确实是很穷苦的，他们平常连肉都吃不起。

"我是在我爸爸六十岁那年出生的。他病好了以后，三十七岁才结婚，我妈妈是瞎子，但是幸亏她的眼病不遗传，我一共有过十三个兄弟姐妹，最后存活的只有六个，我是其中最小的一个。

"小时候我们家生活的艰苦程度可想而知，整天吃不饱、穿不暖，冬天晚上睡觉时盖的被子也很薄，半夜里经常冻醒，我们全家的生活很大程度上要靠政府照顾。所以总的来说，我对政府还是很感恩的。我有一个哥哥，去西藏当过兵，他去当兵的时候我才三岁，等他回来，我都九岁了，我只知道我有这么个当兵的哥哥，可是他回来了，我却觉得我根本不认识他。哥哥那次回来带来好多糖果，好多好多。我们平常哪有糖果吃，那是我这辈子记忆中最幸福的一天，我吃了好多好多糖。我自己都不知道究竟吃了多少，反正，饱饱地吃了一整天。直到现在，我想起这件事还觉得嘴巴是甜的。"

宋元清讲的明明是一个甜蜜的故事，却差点儿让我掉下眼泪。想想看，一个九岁的孩子，不认识自己的亲哥哥，也很少吃糖，哥哥带来的糖果成了一生的记忆，这让人又感动又心酸。

看来作为一名咨询师，我还是太感性了些。

宋元清没有觉察到我的情感波动，他沉浸在自己的故事里："我们家住在山区的农村，房子在山顶，田地却在山脚，干活要走三公里山路，非常苦。那时候我很瘦弱，挑担子挑不动，力气活干不了，我很清楚读书是我唯一的出路，所以我学习很用功，成绩一直比较好。那时候考大学很难，就算我成绩还不错，可是因为考试的时候没发挥好，也没考上。

"我哥哥从西藏回来之后，在建筑工程公司开货车，我读高中的时候就住在我哥哥家里。我哥哥本人倒是不错，可是我那嫂子，怎么说呢，我觉得她那时候心地不够善良。当然，也怪那个时候大家的生活条件都太差了，她可能顾自己都顾不上。那时候我上学回来吃饭的时间很短，只能在家里待个把小时就要回学校，我嫂子却总是故意在我该吃饭的时候从家里走出去，故意不给我饭吃。邻居都看不下去，有时候端碗饭来给我吃。唉，那时候真是可怜。

"有一件事我印象特别深。有一个下午，我下课回来，我嫂子一见我回家就马上要出门。她说桌上有饭菜，要我自己热一下自己吃，说完就走。当时我心里还很感激她，觉得她终于愿意给我安排晚饭了。自己热一下我当然会，于是我就去热饭菜，可是一看那饭菜，我的心都凉了一截，那只是几片白菜，至于饭，都变味了，快要馊了。就在这时候，我闻到一股鸡肉的香味，我四处看了看，一抬头，看到天花板上有一个篮子。我搭凳子把篮子取下来一看，里面有一碗鸡肉，香喷喷的鸡肉味直往我鼻子里钻。当时我没作声，把篮子挂回原处，眼泪都流出来了。那天晚上我没吃饭，就饿着肚子去上学，晚自习回家，我的肚子咕咕叫，我哥哥问我吃饭没有，我就说没有，于是，我哥哥用剩下的鸡肉汤给我下了碗面条。这件事，我一辈子都无法忘记。"

我的鼻子又在发酸了，穷苦在宋元清的心里烙下多么深刻的记忆！

"我高中毕业没考上大学，哥哥家的房子又小，只好安排我住在放煤球的很窄的杂屋里。那间杂屋旁边就是一个公共厕所，臭得不行。可是没办法，只能忍受。白天我有时候想找事做，却没什么适合我做的。后来我哥哥想办法买了辆解放牌旧卡车，让我学会开车去跟人家去拉货。可是那辆车实在是太旧了，一个礼拜修四天开三天，不但没赚钱，还亏了本。虽然没赚到钱，可是对我来说，我学到了开车的本领，还认识了一些朋友，有些是和我一样的司机朋友，有些是我的客户，我跟他们关系非常好。但是因为亏了钱，我的哥哥却对我失望了，他说他已经尽力了，也没办法管我了。哥哥不管我了，我总不能就那样饿死吧？

"我是在矛盾和焦虑中迎来了我的二十岁，就在我二十岁生日那天，我做出人生中一个非常重要的决定：我决定要自己借四万多块钱去买一辆车来开。我哥哥刚开始承诺他借给我两万，可是当我真要拿钱的时候，我嫂子出面干涉，说只能借一万，后来又减少到五千，最后，只肯借两千。我干脆就不要他们的。过了一阵子，有一天，我跟哥哥说，请他陪我到长沙去买车，我哥哥大吃一惊，他根本不相信我能够借到钱，我就把装了大半个蛇皮袋子的四万多块钱现金拿给他看。那时候还没有一百块的钞票，最大的面额是十块的。"

变戏法一般出现的一大蛇皮袋子现金！

这个悲伤的故事总算开始有了喜剧色彩。

"我哥哥目瞪口呆地看着一大堆十元钞票，问我钱是从哪里来的。我就告诉他，我都是找人家借的，这个借几千，那个借几千。因为以前我开着那辆旧车跑运输的时候，相当勤快，做事特别认真，既讲礼貌，又讲诚信，当时有很多人都很相信我，也非常喜欢我。有的人为了要我帮他拉煤，竟然整整等了我十五天，这简直成了奇谈。因为我拉的煤从不短斤少两，质量又好，所以他们特别相信我。知道我想要买新车，他们有的人主动借钱给我，有的人帮我想办法，就这样把钱凑齐了。这本来是件大好事，没想到我的车买回来，哥哥嫂嫂居然打了一架，打了一次大架！原来是我嫂嫂以为我哥哥背着她借钱给我，所以两个人就又打又闹，真是让人又可笑又可恨。"

好吧！喜剧中又掺杂着闹剧，确实让人好气又好笑。

"从那时候起，我的好运气就开始了。买回那辆车以后，因为我的生意好，我一年的时间就把欠债还清了。就在这个时候，我又认识了我现在的老婆。她和我哥嫂住在同一个院子里，有一次，我要去她的老家拉货，她正好想回去拉米，就坐我的便车一起去。那位请我拉货的业主对我印象非常好，除了给我运费，还送给我几棵白菜。我把事做完之后才送她回家，帮她把米扛上楼，还把别人送给我的白菜也送给了她。她对我很有好感，一来二去，我们就谈恋爱了。我觉得，我和她是典型的柴米夫妻。我们感情一直很好。"

　　我会心微笑，看看，那个年代，几棵白菜就追到一个女孩子，这可是真实版本的"白菜爱情"。当然，这只是开玩笑的想法。不只是白菜，得看看送白菜的是什么人。

　　"有了余钱，我就开动脑筋想怎么才能赚更多的钱。当时我看到别人做藕煤能赚钱，我就想，反正我自己是拉煤的，如果我把煤拉过来，再把煤加工成藕煤卖出去，不就能赚更多钱吗？我有个朋友听了我的想法，他想跟我合作，于是我们就买了块地皮，建了座藕煤厂。因为我们的煤比别人的价格更低，质量还更好，果然赚了不少钱。就在这时候，政府把我们的厂征收了，因为那地方要修路。我们只好另外想办法。

　　"因为手里已经有钱，也就是流行说的第一桶金，想要做什么事就容易多了。我们考察了一下市场，决定花钱买回一台挖机。那时候挖机是很稀奇的东西，许多人见都没见过。而且挖机干起活来又快又好，所以很多人来租我们的挖机，或者把土方工程包给我们。当时我们一台挖机有时候一天就能赚一万块钱。后来我们又多买了几台挖机。

　　"我一直做事很认真，而且我们的价格比市场上其他人的价格优惠，很快，越来越多的人找我，我开始承揽上规模的大工程。这时候，有些领导也找到我要我包工程，我一样又快又好地把事情干好了。可是，有的市政工程做完了却没钱给，只是把地抵给我们。那时候荒地根本没人要，可是我们没别的办法，只好把地收下来。有了地怎么办？那就只有建房子。于是，我正式成立了房地产公司，开始建房，没想到正好赶上大批流动人口进城，房子成了紧俏商品，还没建好就卖光了。就这样，公司生意越做越大，终于资产都有好几亿，我也莫名其妙成了当地的首富。

　　"短短十几年发生的变化让我自己真的觉得像做梦。我们小时候，家里穷成那个样子，直到我十几岁住在哥哥家，想买根油条吃都没条件。那时候，如果能够到菜市场去吃一碗汤圆，如果能够买一双鞋子，那都觉得是奢侈得不得了的事情。可是现在，我有时候请领导、朋友吃饭，一顿饭就要花两万块钱。我自己私人名下拥有奔驰、宝马等各种各样的车；拥有上万平方米的房子，这个房子我不打算卖，顶多租出去。想当年，我住在又暗又臭的杂屋里，我怎么可能想得到我会有今天呢？

　　"当然，有了今天，我也没有忘本。那些曾经帮助过我的人，我都回报了他们。逢年过节都给他们打红包；连我的嫂子，当年对我那么不好，我还是一样把她当亲人看。有一次我请哥哥嫂嫂全家到最高档的酒店吃饭，我倒了满满一大杯茅台酒，对我嫂子说：'感谢嫂子，当年你对我严格要求，我才有今天。'我把满满一大杯酒一口就喝干了。"

　　多么精彩的草根逆袭成为高富帅的历程！
　　多么感动人的励志故事！
　　而且，这是真实的，就发生在我认识的人身上！
　　谁要说我们生活在一个小时代我就要跟谁急。难道只有腥风血雨、攻城略地，才叫大时代？如此大起大落、激动人心的人生，怎么就不是大时代？

宋元清的人生故事简直可以拍一部极其精彩的电影。如果真有人来拍，我保证这部电影可以赚钱。

他的故事讲完之后，我沉默了很久。在他讲述过程中，好几次，他眼里含着泪光，我也一再忍住自己的泪水。这是一个尝尽了人世苦辣酸甜的人。

讲完自己的故事，宋元清急着要走，按铃喊服务员埋单，我赶紧把钱包拿出来，因为是我约他，我认为理所当然该我来埋这个单。他笑着说："你别跟我抢，其他的我不敢说，要说钱，那我可能比你还是多一点儿。"

我笑着说："好吧，我抢不过你。"

随后，他和司机小罗一起，用他的豪华奔驰，把我送回了心时空心理咨询工作室。

我承认半天才从他的故事里回过神来。

原来真正的成功是，成功的人自己都觉得像做梦，事前根本都想不到自己会如此成功。

总结宋元清的故事，可以这么说，你满足了大背景下绝大多数人的需求，你就一定能够成功。

离记者预约的采访时间还有一个多小时，我可以抽空浏览一下电台女主播李岑岑以小说名义写出来的真实故事。

"天使的翅膀"——这个标题是如此的唯美，加上值得期待的内容，应该是一个很有吸引力的故事。

Chapter 5

天 使 的 翅 膀

　　小说比历史更真实，不记得谁说过这样的话，但我很认同。

　　因为按照约定俗成，小说是虚构文体，作者可以把最真实的事件写进小说，而后一脸无辜说是虚构的；历史呢，毕竟涉及面广，需要平衡各方力量，需要适当为关键人物隐晦，反倒不能写得痛快淋漓。至于历史上几个史官为了保证记载真实而宁愿被砍头，醒醒吧，那已经成了历史。我并不厚古非今，也不觉得现代一定比古代进步。不同时代，人们的认知不同，价值观、世界观、人生观也不一样。每个人，每个时代，都有自己的命运。说得更悲观一些，反正一切最终都是空的，大家爱怎么样就怎么样吧！当然，我本人是追求喜悦、幸福、平等、文明的。

　　我打开李岑岑留给我的网址，开始阅读。

　　她说"小说"两个字是故意标明的，其实里面的故事极少有虚构成分。但她相信，所有这些实际上发生过的事，比虚构的小说更精彩。

　　她还说，之所以要这样把真事假称小说，是因为她不想让人对号入座，给自己惹麻烦。

《天使的翅膀》（小说）

第1章　闯祸

"简直是不要命！这个叶微微，你以为自己是谁？这不是在闯祸吗？"

快乐99文娱频道广播电台台长罗大鸣恼火得不行，他边听广播边在心里狠狠咒骂着正在做直播节目的当红女主播叶微微。

他一刻不停地焦躁地踱着步子，本来就显得细长的眼睛因为气恼更是眯成了一条缝。

他手里夹着一支烟大口大口地抽，仿佛那支烟是导致叶微微缺乏政治敏感的罪魁祸首。

广播节目里，二十三岁的叶微微正和一个打进热线电话的年轻女人在谈论同性恋的话题。

叶微微：你确信自己是同性恋吗？也许你给自己贴上了错误的标签。

女听众：我确信我是同性恋，因为我只喜欢女人。我目前喜欢的一个女人是一名护士，我们认识三个月了，她每天给我洗衣服、做饭，我下班就陪着她，带她出去看电影、喝茶。我们感情很好。我真的只喜欢女人，我和我的女朋友都觉得，男人太可恨了，太没有责任感了。

罗大鸣边竖着耳朵听边恨恨地想，虽然说叶微微现在很红，由她主持的情感类谈话节目《越夜越温柔》收听率很高，叫好声一片，可是，前两天不是特意警告过她了吗？三令五申要她一定要懂得正确引导听众，少谈论社会上一些非主流的婚姻情感现象。什么婚外情啦，什么一夜情啦，同性恋话题更是禁忌。

叶微微今晚申报的直播主题明明是"如何让爱情保鲜期更长"，可她倒好，听任一个女性听众在热线里大谈同性恋故事，双方对谈足足两分钟了，这不是离题吗？这不是失控吗？

同性恋这个话题，将来随着时间流逝、社会进一步文明和开化，也许可能不再是敏感话题，但目前，它还太敏感了。著名的某某卫视，曾经有一档非常知名的电视节目，就因为谈论同性恋而被迫解散，更何况日渐式微的广播栏目呢？

这个叶微微，真要给她一点儿教训才好。

怪不得说人以群分，力荐叶微微到台里来的杜林风也是这路货色，他主持的一档谈心类节目《风知道答案》，播出时间就在《越夜越温柔》之后，两个主持人都狂傲得可以，自以为是得可以。

杜林风的狂傲是写在脸上，写在他的举手投足之中的；叶微微呢，表面看起来是个清秀可人的女孩子，声音也温柔动听，可骨子里一样骄傲得不行，她认定的事，常常是十头牛都拉不回来。

唉，就是这样两个宝贝，偏偏他们主持的节目创造了收听率的双子高峰，红透了半边天，粉丝成堆，还真奈何他们不得。

这样的情况放在平常，也就睁一只眼闭一只眼带过去算了，可这几天是国庆长假，有关部门监听抓得很紧，舆论压倒一切呀！如果上级部门下令，停播《越夜越温柔》，王牌栏目被停，那整个文娱频道的广告投放势必大受影响，岂不是吃不了兜着走？

想到这里，罗大鸣实在忍不住了，他一下子冲到直播间外面，隔着透明玻璃对着叶微微穷凶极恶地做了个"切掉"的手势。

那个斩钉截铁表示"切掉"的手势投影在罗大鸣身后的墙上，把正等候在导播间里准备上节目的杜林风吓了一跳。

这位炙手可热的金牌主持兼著名的钻石王老五，朝身材高大的罗大鸣翻了个白眼，懒洋洋地把椅子旋转了一个角度，背对着罗大鸣。

凭直觉，杜林风知道叶微微可能要倒霉了。

正全神贯注跟听众交流的叶微微一眼瞥见了罗大鸣的手势，会意地点点头，立即对着话筒说："这位听众，打断您一下，您谈论的内容跟我们今天的主题不符，我们今天的主题是'如何让爱情保鲜期更长'，就聊到这儿好吗？"

那位听众急急争辩："我是准备跟你谈爱情保鲜的问题啊！谁说同性恋就不是爱情？"

叶微微有些束手无策，瞥了罗大鸣一眼，他那恼怒得快要冒出火花的眼神吓住了她，叶微微当机立断把电话切了。

切断电话，叶微微顺手放了一首歌，是一位名叫徐誉滕的歌手演唱的《天使的翅膀》，然后做了个 OK 的手势，并假装顽皮地冲着罗大鸣眨了眨眼睛。

这些手势和表情仿佛是一束娇艳的花朵，或者一枝绿色的橄榄枝，在向罗大鸣表示友好和歉意。

罗大鸣根本没心情回应她，悻悻地掉头走了。

音乐刚停，接着打电话进来的是一个中年男人，他的声音音质很好，带一点儿江浙一带男人的口音，音调沉稳，充满力量，一听就让人觉得他是个有品味有修养的男人。

仅仅凭他的声音，叶微微基本上就能断言，他一定是个非常优秀的男人。

做了两三年广播电台主持人，叶微微觉得，自己简直练就了这样一种超凡的本领，她可以根据一个人的声音判断这个人的基本信息，包括他所处的阶层、性格、修养和气质。

这么说听起来有些玄，可这确实是真的，而且准确率八九不离十。

"微微你好！我是你的热心听众，可以算铁杆粉丝哈，我听你节目很长时间了，经常听，可能已经超过一年，平常我只是听一听，今天是第一次打电话进来。不过，我可能要稍微偏离一下你的主题，我打电话进来，是因为你刚才放的《天使的翅膀》这首歌，这是我目前最喜欢的一首歌曲，听你放出这首歌来，我忍不住要给你打电话。"

一首歌，真有那么大的力量吗？

叶微微放这首歌并非偶然，因为这首歌目前也是她的心头最爱。

半个多月前，一次逛街的时候偶然听到这首歌，叶微微当场就被迷住了。

在人潮涌动的大街上，叶微微像鱼群中的一条小鱼，慢慢地游着。这首歌像一根小小的水草，偶然间轻轻绕住了她。

那歌词和曲调，像伸出来的无数双温柔的手，生生把她拉住，让她在人流中驻足，再也挪不开步子。

"那熟悉的温暖，像天使的翅膀，划过我无边的思量。相信你还在这里，从不曾离去，我的爱像天使守护你。若生命只到这里，从此没有我，我会找个天使，替我去爱你……"

多么深情多么美好的旋律啊！多么感人多么真挚的歌词啊！

叶微微循声望过去，歌声是从一家服装店里飘出来的，她不由自主地顺着歌声进到店里去，痴痴地守在那小小的空间里听这首歌，反反复复央求老板娘重放，她自己都不知道一口气听了多少遍，走的时候，为了感谢老板娘，她特意在店里买了件衣服。

"为什么我会如此喜欢这首歌？简直表现得走火入魔。"叶微微忍不住分析自己，除了曲子好听，歌词感人，也许，最重要的原因，是因为叶微微希望自己生命中也出现一个天使，或者，她希望自己成为什么人的一个天使。

一离开服装店，叶微微立刻去买了刻有这首歌的 CD 碟，无人的夜里一次又一次地听，心潮起伏，从不厌倦。这是她第二次把这首歌用在节目里。

叶微微收回自己的思绪，定定神，跟此刻打进电话的这个中年男人聊了起来："谢谢您参与我们的节目，谢谢您喜欢这首歌。怎么称呼您呢？"

"哦，叫我安恒吧，平安的安，永恒的恒。"

"冒昧问一句，这是您的本名吗？"

"不是，这是我的化名，或者说，是我喜欢的一个名字。"

"哦，平安，永恒，寓意很好。安恒先生，能不能告诉大家，为什么会特别喜欢《天使的翅膀》这首歌？"

"说起来，可能话有点儿长，但我尽量简短一点儿。是因为我的妻子，我的妻子得了癌症。"

"啊？您的妻子得了癌症？"

"是的，她得了乳腺癌，幸亏发现还算早，目前还没有生命危险。但，癌症，总是可怕的。"

"嗯，听到这个消息，我很难过。是什么时候发现的呢？"

"是半年前发现的。我自己是一年前从外地来到这里工作的，和妻子两地分居。我们夫妻感情一直很好，前些天她给我寄来一张CD，里面就有这首歌，《天使的翅膀》。听了一次，我就喜欢上这首歌了，每天都会放给自己听。我妻子在电话里说，希望她永远是我生命中的天使，如果有一天她不在了，她会另外找一个天使来照顾我。哦，今天就说到这里。"此时安恒的声音明显有些哽咽，他匆忙挂断了电话。

做了两三年情感节目，悲欢离合、生老病死听得多了，叶微微已经没那么容易为一个故事动感情。可是不知道为什么，此时此刻，她的眼泪突然想要流下来。

她控制了自己，急切地对着话筒"喂"了好几声，然后说："啊，安恒先生把电话挂断了。这个故事打动了我，安恒，如果你还在听我们的节目，请记住，如果你愿意，请你再打电话进来，公布你的联系方式，也许我们的听众朋友能帮助你。不管是什么样的帮助，医药配方也好，经济支持也好，或者是精神安慰也好，总之，应该有朋友能帮助到你。"

又有新的电话打进来，叶微微打起精神，再一次披挂上阵。果然有不少人提出想要支持刚才那位安恒先生，不过，估计是借机想推广药品的比较多。叶微微让他们在节目里留下自己的联系方式，因为她觉得，也许安恒还在听她的节目。

直播结束，走出机房的时候，叶微微对着迎面而来接替话筒的杜林风点点头，而杜林风却一厢情愿地给了她一个大大的拥抱，她躲了躲，没躲开，也就任由他抱了一下。

杜林风平素总是大大咧咧的，跟女孩子搂搂抱抱仿佛是很平常的事，但叶微微一直没能习惯他这个有些放肆的习惯。

叶微微知道，杜林风的风格，别看他长得斯文秀气，别看他大大咧咧，主持节目的时候，他总是特别投入，那涌动的激情、尖锐的措辞，总能刺激听众的神经。这也是杜林风主持的《风知道答案》如此出名的原因之一。

平常下了节目，叶微微也就把节目里的事情放到脑后去了。

因为她每天都要通过节目接触到各类困扰和烦恼，如果不学会随时清空自己，她会被这些事情所累，她的神经会受到损伤。所以，她早就学会了放下。

可是这一次，她没有办法马上忘记那个化名叫安恒的男人。叶微微特意查看了直播室电话机上的来电显示，却发现安恒的电话来电并未显示，显然是安恒有意使用了不保留电话号码这项功能。

此后连续几天，叶微微都有意在节目里提起安恒，可是他却再也没有来过电话。后来还有一个听众打电话进来，说是知道一个中药秘方，要帮助安恒的妻子。叶微微请那位听众把中药秘方写信寄到广播台来，如果以后有机会，再转交给安恒。可是，安恒却仿佛从茫茫人海中消失了，再也没有任何消息。

尽管如此，叶微微知道，恐怕这辈子她都会记得这件事，记得有一个叫安恒的男人，他的妻子得了癌症，曾经因为他们共同喜欢的一首歌，参与了她的节目。

不过，叶微微怎么也没想到，就是这个安恒，彻底改变了她的命运。

我简直看入迷了。

不得不承认，我被李岑岑，或者说叶微微——如果我的判断没错，叶微微就是李岑岑——深深地吸引住了。这个故事很好看，有悬念有细节，李岑岑文笔又好，我一口气就看完了第一章。

我在揣想，那个流星般一闪而过的安恒，将会如何改变叶微微的命运？

离记者预约采访的时间还有半个多钟头，我决定继续看下去。

第2章　诱惑

一个高素质的美女存心想要诱惑一个男人，永远不是一件难度太高的事。通常情况下，也确实如此。

万江商贸集团董事长潘唯毅坐在软卧车厢里，他打算把手里的报纸浏览一遍就上床睡觉。身为一家知名上市公司的董事长，第二天早晨一到北京，他需要处理一系列重大事件，必须保持足够好的精力。

董事长助理林燕归递来半个削好的苹果，潘唯毅接了，抬头对着她笑一笑，算是感谢。另一半苹果林燕归自己拿在手里啃，啃一口，研究似的望他一眼。

林燕归这样做，也是别有一番用心的。一是，一个整个儿的苹果可能太大，一个人一般吃不下，一人一半，就正好；二是，她喜欢和一位自己欣赏的男人分享一半苹果的感觉。

她一边吃苹果，一边肆无忌惮地盯着潘唯毅。她的目光起初只是研究似的看着他，但是她见他连头都不抬，就有些生气，目光里不知不觉居然有了挑衅的意味。

一个男人对美女视而不见，可能是有原因的，也许是有过人的毅力，懂得规范自己；也许是欲擒故纵，从而让美女对他产生兴趣；可能是精力不够，甚至身体不好；还可能是有所顾忌。真正对美女完全不动心，那已经不是男人。

林燕归边分析边猜测，潘唯毅如此淡定究竟是什么原因，应该是他有极强的自我控制能力，并且有所顾忌。毕竟有句古话说，兔子不吃窝边草。

和这位高大英俊的董事长接触三个多月，林燕归从旁人嘴里听到过许多关于他的商业传奇，哪怕是其中最微不足道的小故事，都能给人留下深刻的印象。

比如说他刚接手万江集团董事长职位，想做集团知名度的市场调查的时候，使用的方法和别人完全不一样。他竟跑到火车站去打出租车，一上车，就对出租车司机说："我去万江集团。"结果，十个中有九个司机莫名其妙地问："什么万江集团？在哪里？"

后来，万江集团做了不少活动策划，也铺天盖地地用广告轰炸一番，终于成了这座城市中男女老幼几乎皆知的一个品牌。集团总部所在地，也被打造成休闲、购物的娱乐中心。

林燕归听了这些故事非常佩服，她觉得有些故事简直可以写入MBA的商战教材。这个董事长，确实很有头脑。

但遗憾的是，潘唯毅所有的事，她都是从别人那里听来的，她很少听到他亲口说起他自己从前的事。

这段时间，她不动声色地跟随他，对他充满了好奇，也充满了好感。

这次去北京，有机会如此近距离单独和他接触，还是第一次。在她心里，一些愿望如初春的昆虫，在蠢蠢欲动。

林燕归这位才貌双全的女孩子刚满二十六岁，一年前毕业于德国法兰克福大学经济系，所学专业是商业管理研究，硕士学位。

她的美是那种让人一看就有惊艳之感的美，不仅五官精致，身材窈窕，而且她出名地会打扮，气质又好，简直让人过目不忘。她的才气就更不用说了，名校高才生，绝非浪得虚名。

一个普通百姓家的孩子，能够如此地把自身优势发挥到极致，让人心生敬意。林燕归之所以决定回国，是因为她妈妈身体不好，她回来可以多陪陪母亲。

在国外，林燕归有过同居的男朋友，但她一回来，两个人就分手了。大家都很现实，既然男朋友不肯跟她回来，也就只能分道扬镳了。

潘唯毅有三名助理，两男一女，他平常很少单独带女助手出差，要不就带男助手，要不就带一男一女两位，明摆着要避嫌的意思。但这次情形有些不同，这段时间公司人手紧，只能带一个人出去，而这次是去北京攻关，带一名知性美女当然更有优势。

林燕归的能力早已得到潘唯毅的认可。隐隐约约，潘唯毅觉得林燕归对自己的关心似乎有点儿超出正常的职业范围，比如，明明已经下班了，他也发话让大家先走，但林燕归一定要等到他走以后，她才离开办公室；再比如，天气明显变化的时候，她会帮他准备衣服，而这完全不是她的分内之事，因为潘唯毅另有一名生活秘书，男性，专门打理他的私事。

林燕归为什么要这么用心呢？

　　林燕归对他的好感，潘唯毅心知肚明，但他宁愿装糊涂。他的太太孔明珠是杭州大户人家的后裔，两人伉俪情深，他能有今天的地位，跟太太的支持是完全分不开的。他不愿意辜负她。

　　事实上，潘唯毅颇有女人缘。这些年来，对他献殷勤的女人为数不少。

　　他明白一些成功男士对于送上门来的好事一般都来者不拒，费心与之周旋，寻找乐趣。然而，他觉得自己志不在此。

　　当然，他毕竟有着血肉之躯，做不到完全无动于衷。潘唯毅三十来岁的时候，一位二十出头长得像关之琳的广告模特非常喜欢他，而关之琳曾经是他青春年代的偶像，所以他无法不动心。他们秘密在一起一年多，他还给她买了套别墅。他的太太不知道怎么知道了这件事，并没有大吵大闹，只是把那个模特的照片放大，用相框框好，摆在他的书桌上，让他知道她对一切了如指掌。于是，他决定跟那名年轻姑娘摊牌，告诉她，他不会再跟她继续往来。

　　那次分离让他非常伤心，但是他没有别的选择，因为他一直在意他太太的感受。此后潘唯毅与桃花运绝缘。再加上，他的太太近段时间遭遇一场大难，还不知道能不能迈过那道坎儿。他对她更加体贴周到，自然不愿让她伤心。

　　想到这里，潘唯毅的心明显地痛了一下。

　　吃完苹果，再洗漱一番，潘唯毅伸伸懒腰，跟林燕归道声晚安，准备爬到上铺去睡。虽然年逾四十，但潘唯毅平常很注意锻炼身体，所以他依然身形矫健，跟年轻小伙子有得一比，他顺着床边的栏杆，两步就攀了上去。

　　林燕归见状"喂"一声，突兀地伸手拉住了他。

　　林燕归这一伸手，不但把潘唯毅吓了一跳，也把她自己吓了一跳。

　　此前她内心非常希望能借此机会跟董事长聊聊天，做一些交流，增进彼此的了解，但她完全没想到他那么早就要去睡觉，一点儿机会都不给她；她更没想到，自己情急之下竟然会采用这么直接的方式挽留他。

　　已经爬上上铺的潘唯毅被林燕归拉着，又重新下来，他有微微的尴尬，温柔地望着她，不说话。

　　林燕归又羞又急，索性扑到潘唯毅怀里，双手环住他的腰，把头抵住他的胸口，喃喃道："我那么不讨人喜欢吗？你那么讨厌我吗？"

　　潘唯毅的身体起初有些僵直，他和太太已经两个月没见面了，熊熊烈火在他体内四处乱蹿。

　　他呼吸急促，滚烫的唇覆盖了林燕归柔软芬芳的小嘴，两人双双倒在软卧下铺。

　　一直在身边虎视眈眈的时间瑟缩着退开了。

　　林燕归是一个经验丰富的女人，在床上很主动，她让潘唯毅体验到了前所未有的狂热。

　　平静下来，林燕归紧紧抱着潘唯毅不放。潘唯毅边轻轻吻她，边在心里做了一个决定，一回公司，他就要把林燕归从董事长办公室调到其他部门——她不能长期留在他身边。

　　那天夜里，他们挤在列车下铺，相拥而眠。潘唯毅半夜醒来，惊出一身冷汗，他想："这个女人，太危险了！"

　　他要另外招聘一名董事长助理，同样要女性，但，不可以是林燕归这种类型。

她的胆子太大了。

李岑岑太会讲故事了！她的小说，让人看得非常入神，一点都不累。

只是我心里充满了困惑，这第二章，怎么写的是完全不相干的人？叶微微和林燕归以及潘唯毅有什么关系？

带着这个疑问，我继续往下读。

第3章　惩罚

罗大鸣担心的事情真的发生了。

由于主持人纵容参与者谈论同性恋话题，这个环节被监听的评论员发现，写了相关批评文章，题目叫"媒体岂能纵容宣传同性恋"，引起了市委宣传部主要领导关注。《越夜越温柔》被下令停播三个月，栏目内部整顿，罗大鸣等台领导和主持人叶微微都挨了批评。台里决定，责令他们写出书面检讨，并扣罚他们三个月工资奖金。

叶微微有些不服气，她觉得那个女性听众并没有说出什么过于离谱的话来，她调出了那天的节目仔细来听。

女听众：微微，你好！

叶微微：你好，欢迎参与我们的节目，怎么称呼您？

女听众：嗯，叫我迷途吧！我觉得自己像一只迷途的羔羊。

叶微微：为什么这么说呢？

女听众：因为我是一个同性恋，周围的人都用古怪的眼光看我。

叶微微：你确信自己是同性恋吗？也许你给自己贴上了错误的标签。

女听众：我确信我是同性恋，因为我只喜欢女人。我目前喜欢的一个女人是一名护士，我们认识三个月了，她每天给我洗衣服、做饭，我下班就陪着她，带她出去看电影、喝茶。我们感情很好。我真的只喜欢女人，我和我的女朋友都觉得，男人太可恨了，太没有责任感了。

叶微微：哦，也许有的男人可恨、没有责任感，但不是所有的男人。

女听众：就是所有的，在我看来，这世上没有一个好男人。我喜欢女人，因为女人温柔、善良，能带给我美好的感觉。我这辈子只愿意跟女人在一起，我自己也是女人，女人就可以让女人得到满足，方方面面的满足，包括精神的和身体的。

叶微微：嗯，这是你个人的观点，我不想反驳你。不过，我们社会的主流是倡导异性恋的，你跟社会主流相违背，当然容易面临压力。

女听众：问题是，这不公平。我愿意跟什么人谈恋爱，是我自己的事，为什么别人要看不起我？

叶微微：你觉得别人看不起你吗？

女听众：是的！我和我的女朋友住在一起，周围的邻居就老是指指点点的。

叶微微：如果你真觉得有人看不起你，那也是他们自己的事，你又为什么要去在意呢？也就是说，你自己选择了跟众人完全不同的价值系统，你又希望能够得到众人的认同，你不觉得这很矛盾吗？

女听众：也许我自己是有些矛盾，但我觉得这个社会要给我们这些同性恋者最起码的尊重。我打电话进来，就是希望得到理解和尊重。

叶微微：这位听众，打断您一下，您谈论的内容跟我们今天的主题不符，我们今天的主题是"如何让爱情保鲜期更长"，就聊到这儿好吗？

女听众：我是准备跟你谈爱情保鲜的问题啊！谁说同性恋就不是爱情？

叶微微反复听了两三遍，她实在不觉得这样的对话严重到了要把整档栏目都停播三个月的地步。

唉，那些人，究竟是怎么想的？

有关部门的意见是，主持人在节目中听说那个人是同性恋的时候，就应该当机立断马上打断对方，要么谈论当晚的相关话题，要么干脆挂断她的电话，而不应该跟她就同性恋话题继续讨论下去。

罗大鸣板着脸，要叶微微写检讨书。

叶微微觉得委屈极了。她自己并没有宣扬同性恋，当然，没能当机立断阻止听众宣讲同性恋，确实是她不够讲政治，没有足够的政治敏感。可是，就这么个小小的疏忽，犯得着让一档栏目停播三个月吗？这样一来，她叶微微简直就成了栏目的罪魁祸首，哪里还有颜面继续待在台里啊？不行，看来自己得另找出路。不过，在找到出路之前，倒也不用忙着辞职，不妨给自己留条后路。干脆先申请停薪留职，就这么定了。

第二天，叶微微交了检讨书，和检讨书同时上交的，还有一份请求停薪留职三个月的申请书。叶微微写这份申请书，多少有些负气的意思，她其实舍不得离开自己的舞台。

罗大鸣想了想，在申请书上批了大大的几个字：同意停薪留职三个月。他想，这个女孩子，人生道路一直走得太顺了，自己做错了事，还这么傲气、锋芒毕露，且放她三个月长假，让她自己到处去闯闯吧！

见台领导那么干脆地批准了自己负气写下的申请，曾经备受宠爱的叶微微有强烈的失落感。她趁办公室里没人的时候，收拾好自己办公桌里的东西，神思恍惚地起身离去。

走到台门口，一个人挡住了她的去路，她定定神，是杜林风。于是，两人找了个咖啡馆坐下来。

"杜老师，我觉得自己最对不起的人就是你。"

叶微微是在两年前由杜林风引荐进广播电台的，当时她还是一个在校大学生，是校广播电台播音员。她热爱广播事业，喜欢听杜林风的节目，就给他写了一封信："能否帮我实现梦想？我也想当一名电台主播。"

就这么简单的措辞，居然打动了他。正好那时候台里要上一档新栏目，他于是推荐了她。想不到这个女孩子基础那么好，普通话纯正、声音好听、文采斐然，总之，她完全符合那档栏目的要求，而且，几乎是一夜之间，她就红透了整座城市。

"微微，你言重了。人一辈子不可能不遇到挫折，这么小的一件事，算什么呀？只是停播三个月嘛。三个月以后，你照样可以上节目。"

"我既然走出这一步，台里又已经批准了我的申请，我就没打算三个月之后再来上这个节目，除非到时候有更高的起点。"

"微微，你是个外柔内刚的女孩子。不过，人，有时候，还是要活得弹性一些。"

"杜老师，你一直是我的领路人，非常感谢你在我这么失意的时候还陪着我。"

杜林风不再说话，默默地看着她。他是看着她走红的，没想到，一件小小的事，又把这个女孩子从高高的云端抛到了地上。

杜林风突然发现，就在这一瞬间，他的心像被什么东西牵动了，生出一些叫作怜惜、心疼之类的感觉，生生地有些痛。他打心眼儿里疼惜这个比他小十岁的女孩子。

"你真的打算离开三个月？"

"是的，台领导已经批了。"

杜林风叹息。

三个月，三个月已经足以让很多事情发生。

看完这一章，我产生了预感，接下来，可能叶微微会成为潘唯毅的董事长助理。而叶微微和这个杜林风之间，肯定又有某种感情纠葛。

但这是我的猜测，不知道对不对。

《天使的翅膀》篇幅已经非常有限，仅剩一章，于是我迫不及待地往下看。

第4章　应聘

从北京回来，林燕归被调往万江商贸集团人力资源部当部长。

这个职务的待遇和董事长助理是相同的，算平调，既没有升，也没有降。但林燕归很清楚，这是一个暗含危险的信号，意味着潘唯毅不想跟她走得太近，也就是说，她被他委婉地推开了。林燕归感到无比惆怅，却无计可施。

林燕归并不后悔，软卧车厢里的一幕，她绝对不是有意为之。其实，她最初的动机，只是想拉住潘唯毅，让他不要那么早睡觉，想跟他谈谈心，但在那样的情形之下，一男一女短兵相接，由于她自己表达的方式欠妥，居然无法控制地发展成一次一夜情，这其实不是她想要的，她根本不想让两人的关系发展得太快，把潘唯毅吓跑。

可事已至此，她无话可说。她不是那种跟一个男人一上床，就希望那个男人来娶她的女人。只不过，她喜欢潘唯毅，倒是真的。她有耐心慢慢等待其他的机会，她不相信自己这么优秀，会得不到潘唯毅的垂青。

林燕归走马上任的第一件事，就是给潘唯毅张罗一位聪明能干的、二十多岁的女性来当董事长助理。对此潘唯毅已经亲自发话，要一个"智慧、传统、乖巧"的女孩子。通过层层笔试、面试，现在还剩下三个人，她决定把她们带到潘唯毅面前，让他自己做最后的选择。

林燕归将三名候选人召集到董事长专用的小会议室，并把三个人的简历送到潘唯毅手里。

潘唯毅翻了翻那几份简历，突然从中抽出一张来，失声叫道："叶微微？《越夜越温柔》的主持人叶微微？"

他过于吃惊的反应让林燕归有些意外，她试探着问："董事长，您认识叶微微？"

潘唯毅摇头道："哦，不认识，只是知道她。我听过她的节目，但没见过她本人。她不是在广播电台很红吗？怎么会来应聘董事长助理？”

林燕归答：“听说她主持的那档节目停播了，她想给自己换一种职业。大概就是这样的情况。我让叶微微先来见您，您自己问她，好吗？”

潘唯毅点点头。

年轻的时候，潘唯毅曾经做过这样的梦，想到广播电台当一名专业主持人，可惜没能如愿。他仅仅在一家大型工厂当过厂广播站的播音员，他的妻子孔明珠是厂长的女儿，就是因为听了他的声音，迷上了他，吞吞吐吐地跟老爸吐露了心事，两个人才从相识到相知，最终结为夫妻的。

潘唯毅对广播一直情有独钟。即使现在电视节目一统天下，互联网铺天盖地，广播日渐没落，他仍然喜欢听广播。有时候是在网络上听，有时候是用手机收听。他无意中听到了叶微微主持的节目，听过一次就喜欢上了，但因为他实在是太忙了，没有办法每天守着听，只能尽可能找机会过过瘾。

叶微微的声音非常甜美，很有思想，又常常妙语连珠、舌绽莲花。

这样的女孩子，应该是相当有魅力的吧？潘唯毅猜想，她应该长得很漂亮。

按说万江商贸集团这么大一个机构，每年广告费上千万，董事长想要见一个电台主播，安排一下，那是易如反掌。可惜潘唯毅一直很忙，也不想那么刻意要去见她，所以一直没跟叶微微见过面。没想到，这个世界竟然这么小，叶微微居然主动送上门来——前来应聘，想当他的助理。

　　叶微微究竟长什么样呢？潘唯毅盯着办公室的门，不自觉地坐直了身子。

　　林燕归推开门，伸手示意让叶微微走进办公室。叶微微对她点点头，微笑着说了声"谢谢"，大大方方走进潘唯毅的办公室。潘唯毅宽大的办公桌前摆了两把椅子。

　　潘唯毅边伸手示意她坐，边用锐利的眼光从上到下扫视着叶微微。他迫切地想要了解她，急于看透她。

　　公平地说，叶微微是一个本来可以让人惊艳的女孩子——如果她把自己稍微打扮一下的话。而她只是简单地穿着条牛仔裤，一件T恤，看起来也就中等以上姿色，不过，她气质优雅，眼睛特别明亮，仿佛内心深藏着的锦绣，非常自如地从眼神里一点一点流露出来。

　　他猜想她看起来稍显平凡，也许是因为她根本没有打扮自己，她完全没有化妆，素面朝天。其实像她这样一个五官清秀、眼神清亮、气质出众的女孩子，如果肯稍稍打扮一下，应该是一个让人移不开视线的美女。

　　后来两人相熟了，潘唯毅问叶微微为什么不好好打扮的时候，叶微微说："我又不老，把自己打扮得那么漂亮干什么？"

　　此刻，两个人沉默地、不动声色地打量对方，叶微微脸上的表情很沉着，非常自信，没有丝毫拘谨，这是她与潘唯毅以前见过的应聘者的不同之处。仿佛她自己是有决定权的一方，她似乎笃定自己可以决定要不要来当这个董事长助理，而不是被动地让别人挑选。

　　潘唯毅先开口了："微微你好，我经常听你主持的节目，不过前些日子出差比较多，就有一段时间没机会听。怎么，听说你们栏目停播了？"

他第一次称呼她，就省略了姓氏，直接叫她的名字，给人非常亲切的感觉。

叶微微看他一眼，叹息一声，低头说："是的，要停播三个月。整顿之后，再重新开播。"

"那你来应聘董事长助理的职位，难道只打算做三个月？"

叶微微犹豫了一下，说："你们这个岗位不是有三个月试用期吗？到时候试用期满了，如果我们双方都愿意，我可以选择留在你们这里，离开广播电台。"

潘唯毅微笑起来，问："你觉得你适合当董事长助理吗？"

叶微微迎着潘唯毅的目光说："如果不觉得自己适合，我就不会出现在你面前，我从来不会去做自己不适合做的事情。不知道潘董事长有没有仔细看我的简历，我在大学里学的专业是企业管理。"

潘唯毅吃了一惊，低头细看简历，果然，在专业一栏，叶微微填的是"企业管理"，而他居然忽略了这个信息。一个学企业管理的女孩子，怎么普通话那么好？怎么会有那么好的文采？

叶微微似乎看出了潘唯毅的疑问，解释说："我小时候跟着父母在北方长大，我父亲在北方的部队里，近年才回到南方，所以我的普通话很标准。我从小一直喜欢文学，看过许多书。当广播电台主持人，曾经是我的梦想。"

梦想！他们有过共同的梦想。

潘唯毅的心如同被谁打开一扇窗户，窗外是明媚的阳光，是春天透亮的新绿。他几乎要脱口问她："那你现在的梦想是什么？"但他想了想，觉得唐突了些，于是没有问她。

沉吟半晌，他微笑着说："叶微微，我决定录取你。"

叶微微吃了一惊："可是潘董事长，外面还有两个人等着接受您的面试呢，她们也是非常优秀的女孩子，你这样对她们不公平。"

潘唯毅拿起电话，把林燕归叫进来，交代道："告诉外面那两个优秀的女孩子，就说董事长已经找到了合适的助理，如果她们愿意，可以应聘万江集团其他岗位；如果她们对其他岗位没有兴趣，请替我表达歉意，而且，给她们每人发往返路费，加上一份纪念品，谢谢她们对万江集团的认同。"

林燕归惊愕地看看叶微微，再看看潘唯毅，加强语气道："董事长，另外两个女孩子，您见都不见就做决定？她们也都是百里挑一，甚至千里挑一的优秀人才呢！"

潘唯毅笑了一笑："是，我已经决定。微微，你明天开始上班，你的工作时间，通常情况下是每天上午九点到下午六点，中午休息一个小时。"

叶微微犹豫一下，点点头。

林燕归也无可奈何地点点头，警惕地看了叶微微一眼。这个看起来并不比她拥有更多优势的女人，凭什么一下子获得了潘唯毅的信任？她会不会是她的敌人？

林燕归脑海里闪过这两个念头，无奈地转身离去。

真是过瘾！

小说写到这种地步，有文采有悬念，叙事如此从容不迫，跟那些专业小说家的作品相比，毫不逊色。可见作者智商极高，而且很有情怀。

也难怪叶微微，不，李岑岑，会吸引一名优秀的董事长。

我简直可以肯定，男主人公潘唯毅和女主人公叶微微之间，一定会发生婚外情。可是，第一章就提到过的那个像流星般闪过的安恒呢？他如何来影响叶微微的命运？林燕归一定会设法阻挠甚至破坏潘唯毅和叶微微的感情吧？后面的故事一定会更精彩。

可惜的是，李岑岑只写了四章。而且她说后面的不打算再写，要找到我，当面说给我听。

我这才想起要看看写作时间，居然是两年以前的作品。也就是说，又有许多新的事情发生了，这些新发生的事情使得作者觉得有必要来找心理咨询师。

我对这名电台主播充满了期待。可是，由于心理咨询的特殊性和被动性，根据"来者不拒，去者不追"的原则，如果是做咨询的话，我不能主动去找她，只能等她哪天有空来找我。

接下来接受记者采访的时候，我还在想着李岑岑和她的故事。

幸亏，我早就习惯了跟记者打交道，而且对于如何减压早有心得，职场减压也好，考前减压也好，我都有自己的一套行之有效的方法，倒也很容易过了关。

我的"开场白"就引起了记者们的兴趣，我说："不要以为压力是什么负面的东西，事实上，适度的压力是能够起积极作用的，因为它能调动我们身体里的能量，来应对有一定难度的事情。所以，高考有压力，本身不是坏事。"

开头引起记者的兴趣之后，我又谈了几点如何减压的诀窍，记者们就高兴地走了。

　　可是，不是所有的事情都能轻易过关的，比如明天我要见的那位母亲。她说她的儿子现在十五岁，突然出现同性恋的倾向，她急得要命，明天上午十点是我和她约好见面的日子。

　　这样的心理咨询绝对不是可以随便对付的，需要耗费我大量的脑力。

Chapter 6

我儿子真是同性恋吗?

"这样吧,何老师,我有个请求,想先请你看几张照片。"

来访者甘女士坐在我身旁,盯着我看了一阵,起初一言不发,考虑了半天,才用了这么一句话作为开场白。

她四十岁左右,斯文秀气,打扮入时,头发染成了流行的棕褐色,外貌给人一种她很开朗的感觉,但她眼里的焦虑情绪却无法掩饰地流露了出来。

她从包里拿出一个 U 盘递给我,我和她一起起身走到工作室的电脑前,我让她自己打开 U 盘。

让她自己打开,而不是我帮她打开,这个微妙的决定算是一种技巧。

因为甘女士看起来精明强干,而且表现得不够信任我,我绝对不能任她摆布。当她愿意按照我的要求自己打开 U 盘,她的内心就慢慢做好了接纳我的准备。

甘女士迟疑了一下,依言坐到电脑前。

被打开的第一张照片是几个人的合影，看得出来是一位老师带着几个孩子去参加什么比赛，载誉归来。一个帅气的小男孩儿怀里抱着一束鲜花，笑容特别灿烂，让人觉得他自信又开朗，很是显眼。

甘女士的问题随之来了："你猜猜看，哪个是我儿子？"

我立刻警惕起来。

表面上看，这只是一个很简单的问题，其实不然。作为心理咨询师，我猜对了固然好，来访者会对我更有信心；可是如果猜错了，她就会对我产生失望情绪，这对接下来的咨询会相当不利。

我知道正确的做法应该是不被她控制，而是有意把问题引开，先请她谈谈这张照片的背景，这样，她会透露更多信息，我也就更容易知道谁是她的儿子。

但是不知道为什么，我似乎也故意想考验一下自己的直觉，于是伸出右手食指，肯定地、无声地指住那个很打眼的抱着鲜花的小男孩儿。

她很惊讶地问："你怎么猜到的？你又不认识我孩子。"

我笑笑说："感觉。"

话虽如此，事实上，我的猜测是有一定心理学依据的。通常情况下，人只对自己以及和自己密切相关的人和事感兴趣。这位母亲带来这么一张有儿子在场的合影，很可能，她的儿子应该就是其中最显眼的那个人。当然，只是通常情况下如此，也有不少例外，我不过是在冒险而已。

幸亏猜对了。这第一关算是过了，我微微舒了口气。

她接着打开第二张照片。

这张照片上只有一个人，是一张室内照，很可能是特意跑到照相馆去留的影。那是一个头发比较长，非常清秀的少年。如果不是因为甘女士在 QQ 上告诉我，她担忧自己的儿子有同性恋倾向，我会认为图片上是个剪了短发的女孩子。

她说："这是我儿子现在的样子。唉！你看你看，哪里还像个男孩子！"

然后她打开第三张，是一张集体照，可能是十几个人参加什么户外活动，她的儿子仍然很打眼，只不过头发留长了，身上穿着带花纹的 T 恤，像个率性的女孩子。和第一张照片相比截然不同的地方是，那孩子脸上的表情显得有些忧郁。

看完照片，甘女士小心地收好 U 盘，我们又回到咨询室。

"您儿子表现得像个女孩子有多长时间了？"望着她愁眉不展的样子，我轻轻发问。

"哦，都有两三个月了。"

"您想过带儿子一起来咨询吗？"

"他要是肯来，我早就把他带来了。他就是不肯来，只好我自己先来找您咨询一下。"

"你自己分析过没有，是什么事情使他发生这么大的改变呢？"

"好像自从他上初中以后，慢慢就变了。"

"发生了什么具体的事情吗？"

"这要从他的小学说起。他以前读小学的时候，是老师眼里的宠儿。我这个孩子从小就乖，好聪明好懂事的，成绩一直非常好。这么说吧，他们学校如果有什么机会，只有一个名额参加的话，基本上非我儿子莫属。写作比赛啦、数学竞赛啦、英语口语比赛啦，反正，只要是比赛，我儿子基本上都是学校第一名。"

她侧着头想了想，继续说："可是到了初中，他读的是省重点，情况就有所不同了。第一名不再是他，他的成绩一般都是前五名左右。而且，更要命的是，他的班主任是个刚毕业的硕士研究生，一个年纪轻轻的女孩子，长得也还秀气，偏偏个性特别强，总要所有的学生对她唯命是从才行，老说我儿子不听话，说我儿子跟她对着干。我已经被那个老师叫到学校好几次了。

"有一次，我竟然被逼得当众打了我孩子几个耳光。其实那样做我也很难过，我边打他，自己边哭了。事情是这样的，有一次老师排座位，把我孩子排到最后一排去了，其实他个子并不是特别高，以前从来没坐过最后一排，他就不肯，说他看不清黑板，执意不肯坐下来，宁愿站着听课，老师就气冲冲地把我叫到学校。我到了学校，看到别的同学都坐着，只有我儿子站着，昂着头，倔强地不肯坐下来。我于是劝他先坐下来，他不听，老师也说了几次让他坐，他就是不听。我又气又急，按着他的肩膀让他坐，他都不肯，于是我就甩了他两个耳光。儿子掉眼泪了，我也放声哭起来。没想到那个老师在边儿上大声说：'打得好！如果他是我的孩子，我早把他打死了！'"

天哪！这个老师是怎么当的？怎么能说这样的话？这个家长也太过分了！怎么能当众打自己的孩子呢？一个理性的家长，绝对不能一边倒到老师那一边，应该站在客观公正的角度来处理这件事。

我脑海里闪过这一长串念头，但我什么也没说，只轻声问："你经常打你的儿子吗？"

"没有，我很少打他。说真的，从小到大，我很少打我的孩子，舍不得打，也不需要打。那天我是真的气坏了，所以才动手打了他。"

"就是从这件事之后，他就变了吗？"

"基本上是这样。"

"具体有哪些改变？"

"就是我告诉过你的，他把头发留得很长，穿那种女性化风格的衣服和鞋袜，还把自己的名字都改了，叫什么云虹。哦，我想起来了，还有个很重要的事我没跟你说。"

她望着我，有些迟疑，似乎在寻思要不要把那件事告诉我。

我也望着她，我相信极可能她引而不发的这件事才是真正的焦点。

"何老师，你平常看不看电视上那些选秀节目？"

"哦，真抱歉，我很少看电视。太忙了。"

"嗯，那我怎么跟你说呢？是这样，就是电视台有一个选秀节目，动不动就号召大家用手机投票那种，有一个选手获得了第二名，那个选手很中性化，明明是个男孩子，偏偏打扮得像个女孩子。他所有的粉丝有一个共同的名字，叫作虹桥。这些虹桥大部分是十几岁二十几岁的男孩子。后来，舆论对那个明星很不利，说他有女性化倾向，虹桥们为了支持他，就想办法挺他，说所有的虹桥都是女人，那个明星是男人，是虹桥们共同的老公。我儿子还说，那个明星公开承诺，某年某月某日，他会娶所有的虹桥为妻。"

唉，怪不得电视被越来越多的人斥为垃圾文化。不过，也许这些事情，完全背离了电视台当初做这个节目的初衷。但是如果甘女士说的都是真的，那个明星的所作所为就太不负责任了，显然这会让相当一部分青少年受到误导。

　　我想了解事情的真相，就问她："你说那个明星公开承诺娶所有的虹桥，这件事是真的吗？"

　　"我儿子说的啊，到底是不是真的，我也不知道。他现在一天到晚着了魔似的，家里到处是那个明星的图片，不男不女的，丑死了。我儿子却拿它们当宝贝，我想把它们撕下来，但我儿子威胁说，要是我撕掉那些图片，他就把自己小时候的所有照片统统撕掉。我知道他真会做得出，就动都不敢去动他的东西。"

　　这么说来，我心里开始有底了。这个青春期的男孩子应该不是什么同性恋，只不过是追星加青春期叛逆的表现而已。虽然同性恋已经被视为一种非异常的性取向，但是，毕竟它不是人类社会的主流，不会是大多数人的选择。

　　我明确地表达我的观点："我没看到你儿子，但就我的感觉而言，他并不是同性恋。因为一般说来，真正的同性恋，必须以对同性有性冲动以及跟同性有性行为作为前提的，也就是说，同性恋者的性取向是指向同性的。我从你讲述的情况看，你儿子似乎没有这方面的倾向，他面临的是其他问题。首先，你儿子上了初中之后，不再是第一名，也不再是老师的宠儿，他的老师不但没注意他的感受，还对他态度非常强硬，伤害了他的自尊，所以他心里特别失落。其次，你那次当众打你的儿子，可以说是雪上加霜，所以，他就开始叛逆、追星，到虚幻的世界里去寻找寄托和安慰。恰好他心目中的明星非常中性，那些追星一族中又有一些极端的做法，简直是倡导大家同性恋，这才导致了你儿子目前的情况。当然，这只是我根据你提供的情况所做的推测，请记住这只是推测。真实情况是什么样的，这还要等见到你的孩子，我才能下结论。"

"跟性有关的事情，在我儿子身上倒是还没有发现。"

"既然是这样，你就不用担心你儿子同性恋。先耐心对待你的儿子，你自己要成为你儿子真正的朋友。青春期的孩子，出现这样那样的情况都很正常。你先改善好你们的母子关系吧。我想，如果你要求儿子来咨询，他却不肯来，这本身也说明你们母子关系有问题，是吧？"

"是的，这个孩子，现在越来越不听话，我都快被他气死了。"

"青春期的孩子，他们的身体、心理发育都很快，自以为已经长大，而事实上却依然很幼稚。每个人都有自己的成长速度和发育特点。你还需要跟孩子的老师多沟通，老师的做法可能也有欠妥当的地方。如果可能，请下次带您孩子一起来咨询。"

她勉强点点头，说："我尽量动员他来，他实在不肯来，我也没办法。"

咨询时间已到，我只能这样结束谈话，迅速抽身，因为我还要为明天的电视节目录制做准备。

美女主播唐艺馨常常会毫不留情、出其不意地给嘉宾出难题。要知道，提出刁钻古怪的问题是不少主持人的看家本领，即使对于好朋友，她也不会心慈手软。

作为一名资深的心理咨询师，我可不想让观众看我的笑话。

Chapter 7

婚姻评审台

戏剧性相识，闪婚，然后想要离婚。这对八零后的故事有一定的代表性。

浪漫美丽的大学语文老师白灵和器宇轩昂的成功教育培训师张毅可谓有缘人，他们因为旅游时发生意外而相识，回来后半个月就结婚，朋友们都说他们是天生的一对。然而结婚不到八个月，两人却以婚姻太过平淡为由，开始闹离婚。这个婚，到底要不要离？

这就是本期《婚姻评审台》电视节目需要解决的问题。

《婚姻评审台》是省电视台重金打造的一档新栏目，基本上可以顾名思义，这是一个把心理咨询师、嘉宾当事人以及亲友团等相关人员汇集在一起，由几个不同环节组成的节目，大家共同来判断一段正挣扎在离婚边缘的婚姻是否应该瓦解。当然，最终的决定权在当事人自己手里。所有当事人都是从社会上征集来的，他们讲述的都是发生在自己身上的真实故事。

鉴于目前中国社会离婚率居高不下，这么一档节目一问世就备受关注。由于节目的环节设计得很巧妙，既有煽情的或者曲折的情感故事，也有理性的社会、心理评判，还有颇具悬念的最终选择，这档节目很快在全国范围内叫得很响。当初研发这个栏目的时候，我就是其中的专家组成员之一。

省电视台走的是青春偶像路线，主持人一个个水灵粉嫩、青春无敌。像唐艺馨这样的年纪，才二十七八，已经算是资深主持人，她自己觉得非常有压力，常常抱怨她不该选择一个吃青春饭的行业。

我跟唐艺馨五年前就认识了。那时候她出道不久，是一位比较出名的新闻主播，简直红透半边天。有一次她跟随记者就心理问题来采访的时候，偶然认识了我。由于当时她个人的感情困惑太多，比如说，不知道该如何恰到好处地拒绝那些疯狂的追求者，如何让自己不要对不该爱的人动心等。她对心理咨询特别有兴趣，所以我们认识之后，她经常给我打电话邀请我吃饭喝茶，我们慢慢就成了朋友。我们在一起的话题总是离不开她的感情纠葛——美女主播面对的诱惑实在是太多了——耳濡目染之下，她简直成了半个专家。

《婚姻评审台》这档新节目指定她为主持人，就是看好她主持经验丰富，既漂亮又有相当的智慧和应变能力，还有一定的人生阅历。

唐艺馨果然不负众望，节目一炮打响。

节目录制现场，一段模拟拍摄的短片讲述了两位嘉宾的爱情故事。

二十五岁的白灵和二十八岁的张毅是在一种颇具戏剧性的场景中相识的。

某个周末，白灵独自一人去省城附近的一个风景点度假，而张毅也恰好为了摆脱失恋的烦恼来到这里。他们素不相识，但是搭乘了同一辆观光车，而且恰好并排坐着。

突然，在一个急弯处，观光车差点跟对面驶来的一辆小车相撞。司机紧急刹车，所有的乘客身子不受控制地猛地往前一倾，一时之间，尖叫声四起。白灵也忍不住大叫一声，惶急中，她下意识地往张毅身上靠，张毅也不假思索地搂住了她。

好在只是一场虚惊，两个原本素不相识各自沉默的年轻人一下子打开了话匣子。他们越聊越投机，相见恨晚。当天晚上，他们就住到了一起。半个月之后，两人就领了结婚证。

白灵觉得自己这次的表现特别奇怪，她其实不是一个把性看得太随意的人，以前和前男友是在谈恋爱半年之后才上床的，为什么这次会如此轻易地就接受了张毅呢？她没多想，反正觉得他们彼此合适就行。

白灵：我怀疑你是不是读懂了我大脑里面的密码，好像你念一声芝麻开门，我的心扉就为你敞开。

张毅：我想也许你是上帝为我定做的天使，找到你，我的心灵就回到了故乡。

短片中，他们的深情对白让人感动。

在热恋的十五天里，张毅每天都会给白灵打电话。可是自从结婚后，每次都是白灵主动联系张毅，张毅很少、几乎可以说是从来不主动给白灵打电话，只是每天按时回家。白灵就觉得，张毅根本不重视、不珍惜她，他们之间的爱情已经消失了。

张毅起初还跟白灵解释他在外面很忙，没时间打电话回家，主要是，他觉得反正除了出差之外，自己每天都回家，没事也就不需要跟白灵联系。慢慢地，随着白灵的抱怨不断升级，张毅干脆连回家都越来越晚。

白灵忍无可忍，她觉得他们的婚姻平淡得快要窒息了，干脆提出离婚。正好他们的朋友推荐了《婚姻评审台》这档节目，于是两人决定给自己的婚姻最后一次机会，来这里做是否离婚的最后决定。

放完这段短片，唐艺馨意味深长地看了我一眼。她一举手一投足都让人关注，始终是全场的亮点。美女就是有震撼人心的效果。

这一眼让我一阵紧张。

我很清楚，她看我一眼的意思是要我做好准备，等下得好好表现一番。根据我的经验，这期节目主人公的故事太平淡了，需要在随后的评审环节加一点儿猛料，否则本期节目很可能会因为没有亮点而无法播出。

不知道这个出名的麻辣美女主持会如何来刁难我呢？

插播一段广告之后，唐艺馨转头望着我，微微一笑，开口了："何老师，您在婚姻问题诊断这一块简直是妙手神医，白灵和张毅的婚姻，看您如何下手吧！"

我微笑着朝她点点头，开始向白灵和张毅询问："请问你们两位，当时你们决定结婚的理由是什么？"

白灵思索着说："因为我觉得他能带给我安全感，而且，不管是他的外形、气质，还是他的职业，都很符合我对另一半的期待。"

张毅说："我感觉她很优秀，反正我很喜欢她。就像她刚才说我一样，我也有同感，她的外形、气质、职业，都符合我对妻子的期望。"

我笑道："这么说来，你们应该是天造地设的一对，连你们的相遇都那么浪漫，那么特别，为什么现在要闹离婚呢？"

白灵说："因为结婚之后我才发现他根本不爱我，表面上般配那只是表面上的事，如果没有爱情，我宁愿不要这桩婚姻。"

张毅说："她一天到晚就抱怨我不爱她，事实上，两个人结婚在一起，就是好好过日子，哪还那么多浪漫的事情。她实在想离婚，那我有什么办法？强扭的瓜不甜。"

事实上，我很清楚，他们之所以如此闪婚，除了受社会环境影响——如今闪婚、闪离现象比比皆是——更重要的原因可以归因于他们遭遇的惊险时刻。人在惊险的状态下会出现应激反应：心跳加快、呼吸急促、血液循环加速，所有的这些反应，和恋爱中的生理唤醒是一致的。如果这时候身边的人恰好是可以与之恋爱的对象，那么，他们就会认为自己爱上了对方。因为爱情本来就是生理唤起和心理标签相互作用的结果。

我决定在现场请白灵做一次家庭系统排列，正好他们各自的亲友团都来了。

家庭系统排列是由德国心理治疗大师海宁格研究出来的用于心理咨询的一个新方法，我参加过几次系统培训，在团体心理咨询中经历过不少于六十次的实践，应该说运用起来得心应手。

我把双方的父母都请到舞台上来，请白灵根据自己的感觉把台上所有人的位置进行排列。

　　白灵很快排好了四位老人的位置，他们离她自己有相当一段距离。我注意到，不管是白灵的父母还是张毅的父母，他们之间站立的距离都比通常的夫妻要远，奇怪的是，他们自己对于这么远的距离似乎没觉得有什么不安。

　　排张毅的位置的时候，白灵却犹豫不决。她一下子把张毅拉近一些，一下子又把他推远一些，反复四五次，仍然没有找到恰当的感觉。

　　白灵突然开始流泪，然后捂住脸，无法抑制地呜咽起来。

　　结合录这期节目前我看过的资料，白灵从小是在奶奶身边长大的，我很快断定，她是个非常缺乏爱和安全感的女孩子，张毅给她的关心以及他们之间的亲密度，不能满足她的心灵需求。可是张毅显然还没有感觉到这一点，因为他的父母之间也是不够亲密的。我阐明自己的发现，白灵哭得更厉害了。

　　唐艺馨抱着白灵，问张毅："你觉得她为什么会哭呢？"

　　张毅说："她可能很矛盾，不知道该远离我，还是该靠近我。"

　　"那你自己呢？你是想远离她还是靠近她？"

　　"我想靠近她。"

　　唐艺馨再问白灵："你认为他的理解对吗？"

　　白灵点点头，她含泪说："从小我一直是个很孤独的孩子，爸爸妈妈都很忙，不太管我，家里偶尔来个客人，很快又走了。说一件不好意思的事，每次我们家的客人走的时候，我会在心里恨他们，既然你们要走，为什么来呢？反正每次客人离开，我就好难过的，一个人躲在角落里掉眼泪。我一直希望长大以后，会有一个人非常爱我，我也会好好爱他。可是，我觉得我身边的这个男人，离我太远了。刚开始我还总是主动靠近他，可是后来，我觉得老是我一个人这样委曲求全，就觉得自己在他眼里好没价值。我干脆就想离开他，可还是有点儿舍不得。"

白灵说得很动情，不停地流泪，加上现场音乐效果，观众席上亦是唏嘘有声。这才是唐艺馨想要的效果。

唐艺馨把白灵交到张毅怀里，说："你们好好感受一下现在的感觉。"

他们紧紧抱在了一起，白灵的泪水仍然止不住，张毅的眼眶也有些湿润。

我趁机说："我首先要做的事情是：恭喜你们！"

白灵惊愕地看着我，似乎问："我们都要离婚了，还恭喜什么？"

我缓缓说道："因为在这一刻，你们都理解了对方；更因为，在你们的日常生活中，虽然日子很平淡，但是两人没有互相伤害，这已经是一种福气。有一个统计资料显示，在家庭中被残害的人比在两次世界大战中伤亡的人要多得多，家庭是爱的巢穴、温暖的港湾，但处理不好就是战场，现代家庭生活中男女之间的战争是非常惨烈的。你们这一对，虽然你们觉得自己的婚姻生活很平淡，但从来没有谁觉得自己受伤太严重，所以值得恭喜。"

唐艺馨赞赏地点头，接话道："好，大家先回到自己的座位上，我们继续探讨问题的下一步。"

在接下来的探讨环节中，我表明了几个观点：如果觉得婚姻太平淡，首先这个人要反思是不是因为自己是一个生活过于平淡却又不甘于平淡的人——因为一个活得精彩的人，是会想办法让自己和自己身边的一切人和事全方位变得精彩的，而不是自己过得很平淡却又希望别人给他带来精彩生活；其次，在婚姻中，需要双方共同成长，尽可能自我实现，否则，美好的爱情缺乏动力，一样会枯萎；然后，双方要经常沟通交流；再有，还要学会使用婚姻外的资源。

当我说到"使用婚姻外的资源"这个概念的时候，唐艺馨狡黠地插话道："等等，何老师，您说的婚姻外资源，是否包括婚外情呢？"

这个问题让我怔了怔，估计编导后期制作的时候，一定会给她的这个提问加上搞怪的音乐加以强化，因为这个问题确实是很尖锐。

我立即表明自己的立场："我不鼓励婚外情。但是，可以这么说，每一桩婚外情的存在，都有存在的理由。有的婚外情，确实有可能对婚姻有帮助，能够使婚姻受益，但这是指处理得非常好的情况。可是，婚外情，可以说是勇敢者和智慧者的游戏，一般情况下，拿捏不好，肯定是会带来伤害的。当然，这已经偏离了我们今天的话题。我所说的婚外资源，是指关系非常好的朋友，既包括同性，也包括异性；还指自己独处的时候，要有可以让自己觉得充实快乐的东西，比如各种兴趣爱好。"

白灵及时接话道："我和张毅之间，婚外情倒是没有。"她迟疑地看了张毅一眼，加上一句，"至少目前没有。"

张毅说："确实没有。我目前一心一意想着怎么把事业做好，让我的家人过上富足的生活，也没心思去想什么婚外情。"

唐艺馨及时把节目推向最后一个环节，让白灵和张毅自己做出选择，他们短暂犹豫之后，最终决定不离婚。唐艺馨马上眉开眼笑地祝贺道："恭喜你们！"

现场突然响起礼炮声，一时之间鼓乐喧天，彩色的小泡泡成串飞舞，总之是把气氛渲染得异常喜庆。

参加《婚姻评审台》的嘉宾中，最终选择不离婚的有三分之二。倒不是我们刻意去撮合，而是，如果夫妻双方都还在考虑到底离不离婚，那就说明这段婚姻还没到非离不可的地步，他们依然有所顾虑和牵挂。

录完节目，已是黄昏时分。

我拿起手机一看，居然有十条短信、十六个未接电话！

其中一个号码，同时显示了六次未接来电和一条短信。

那条短信让我立刻心跳加速："你自己的老公都在出轨，你有什么资格给别人当专家？如果你有兴趣，我们面谈吧！"

说实话，这条短信让我刹那思维混乱，我努力强迫自己冷静下来。

什么人会给我发一条这样的短信？我的老公真的出轨了？

无数个疑问在我脑海里盘旋，我是真的头晕了。不，是头痛。

Chapter 8

老公真有外遇？

天底下的女人渴望的其实是同一种男人。

我不知道有多少女子在寻找一个这样的爱人：他如父、如兄，无条件地宠爱她；心甘情愿跟她分享他生命中最美好的一切，也向她袒露他的失败和伤痕；他们之间的关系历经百转千回的风雨考验，依旧坚不可摧；他是她灵魂的归所，是她的精神支柱；两人一直不离不弃，因为有了他的陪伴，到了生命的最后一刻，她觉得此生是幸福的。

听起来多么美好！

但事实上，这样的爱人，即使有凤毛麟角般的存在，但是那个苦苦追寻的女子，自己又是否有足够的智慧去维护他们之间的关系？

发出这样一番感慨，并不只是因为我收到那条揭示我老公出轨的短信。其实这是我当心理咨询师多年接触到的状况：太多渴求爱的女孩子，太多失望的爱情与婚姻。

我猛地想起几天前，一个昵称是"心如止水"的三十岁的离婚女人，在 QQ 里约了明天上午九点找我咨询。她觉得自己和男人上床有障碍。

这两天一忙，差点儿把这事给忘了。我想确认明天她是否会来，于是按她留给我的号码打过去，听到的提示音却是——您拨的电话是空号。

怎么会这样？

算了，顺其自然吧！不过，出于对约定的遵守，明天上午我会去心理咨询工作室等这个人。如果超过约定的时间半个小时她还没来，我才会放弃。这是我给自己定下的规矩。

我在茶馆里等待那个给我发短信的人。

我，知名心理咨询师何梦瑶的老公，真的在出轨？这太讽刺了吧？

六点钟，一录完节目看到那条短信，我什么也顾不上，立刻给那个人打电话。他说他吃完晚饭，大概七点半就会来见我，他让我先找个茶馆等他。

而我中午吃得比较晚，加上看到那样的短信，根本没胃口，于是一个人找了家茶馆，告诉那个人茶馆地址，然后坐下来，边反思我和林超群的婚姻，边等那个人。

再过二三十分钟，他就到了。

我和林超群是高中同学，平心而论，我们曾经有过浪漫的恋情。中学时期同学们就有意无意把我们撮合成了一对，理由仅仅是，我和他的英语成绩都很好，不是他第一，就是我第一。我们考进了同一所大学，在学校里该玩的，我们通通都玩过了。什么放风筝、送玫瑰花、通宵在校园里游荡，在肆无忌惮的青春岁月中，我们如此地浪费青春。

大学一毕业，我们就结婚了，那时候两个人的感情还是不错的。他信誓旦旦地说要给我一个最幸福的家，九年前生下儿子豆豆，我们的婚龄已有十三年。

照理说我们的婚姻应该是经得起考验的。不过，也有不小的隐患横亘在我们之间：事实上，林超群根本不了解我。他对我的内心世界知之甚少而且毫无兴趣，他喜欢保持自我世界的独立，他有他的朋友圈，我有我的社交群。他不鼓励也不打算让我太多地介入他自己的事。生完孩子，我们之间唯一的交集就是豆豆。

很多次我质疑我们的婚姻。可是，既然有了孩子，婚姻就不再是两个人的事。即使偶尔闹闹离婚，我们的最终选择还是尽可能维持下去，因为考虑到要给豆豆一个完整的家，何况，我和他之间倒也没有实在过不下去的根本性的矛盾，一起凑合着过小日子还是不成问题的。

关于林超群是否会出轨，我考虑得不多。并非我们有多么恩爱，而是恰恰因为日子长了，两人都有些麻木了，我们彼此对对方不够在意和关心。

我怀豆豆的时候，曾经在他的脖子上发现过吻痕，但是他说，那是和许多朋友在 KTV 包房唱歌的时候，陪唱小姐开玩笑留下来的，那位小姐说要给他留一个印记，就用嘴吸他的脖子。他理直气壮地质问我："那么多人，众目睽睽之下，能做出什么事来？"我狐疑地看着他，没再说什么。第二天我就把这件事给忘了，过了好久听人谈起她的老公有外遇，才想起我的老公也曾有外遇的嫌疑。

林超群的论调是，男人偶尔在外面玩玩，算不了什么，但是女人最好不要去玩，因为女人容易动真感情。我就问他："那些和你玩的，是不是女人？"他狡猾地笑笑，算是回答。

我们两人的婚姻当然也并不符合我自己的理想。要知道，现实永远跑不过理想。请问，有多少人拥有完全符合自己理想的婚姻？

那个男人朝我走过来的时候，我呆住了。

我认识他！

他不是豆豆读幼儿园时同班一个小女孩儿的爸爸吗？因为豆豆和那个小女孩儿是好朋友，所以连他的名字我都还记得，好像叫黄志坚，是一名中学体育老师。只是，我没有记下他的手机号码，所以事先不知道是他。

就算我老公有外遇，他怎么知道？他为什么要告诉我？我勉强微笑着朝他点点头，脑海里掠过这些疑问。

"何梦瑶老师，经常在电视上看到你的光辉形象，你对爱情和婚姻还是很有研究的嘛！"他边坐下边说出这句话，皮笑肉不笑的。

我到这里来，可不是想听这些连讽带刺、夹枪带棒的调侃的。但我没表现出我的不耐烦，只是微笑着点点头："不敢当！"

坐定之后，他望着我，表情突然变得愤怒而悲伤："你难道一点儿都没察觉你老公有什么异常吗？"

我茫然地摇头。好吧！我承认自己脑子里要么装满不切实际的幻想，要么关心豆豆，要么是我的来访者讲述的生命故事，还有各家心理学派的核心理论，还真是不太关心自己的老公。

不过，他的表情更让我觉得奇怪，我老公是否正常关他什么事？

他说："实话告诉你，我准备找人收拾你老公，到时候他有什么意外，缺了胳膊少了腿，你别找我。他和我老婆两个人不清不楚，玩婚外情。"

我大吃一惊，他说的可是真的？依据是什么？

"我发现我老婆近来形迹可疑，经常背着我打电话，我把她的手

机通话记录调出来一看，就发现一个联系频率很高的可疑号码，后来
查出来那个号码是你老公的。这两个人经常晚上十二点以后还通话，
通话时间有时候长达一个多小时，而且，他们有时候早上五点多钟就
开始联系。这已经不是一般的关系，电话单上一般都是你老公主动给
我老婆打电话，这不是婚外情是什么？所以别怪我想收拾他！你自己
想想清楚。鉴于我们还算是朋友，如果你为你老公求情，我可以放过他，
但是以后，你把你老公管紧一点儿，别让我知道他还私下里跟我老婆
有交往。否则将来他真的缺胳膊少腿，你别来找我！"

　　这番话压得我透不过气来，因为我知道他说的很可能是真的。由
于工作的原因，林超群经常要值班，会在他单位的宿舍里过夜，独处
的机会很多。他真要做出什么事，我是根本无法控制的。

　　听了黄志坚这番话，我二话没说，当着他的面，立刻拨打林超群
的手机，他在广西出差还没回来。

　　"林超群，我要恭喜你啊！你勾引人家的老婆，现在人家老公找
上门来了！"我气冲冲地连珠炮般甩出这番话。

　　心理咨询师也有冲动的时候。

　　电话那头，林超群愣了愣，然后理直气壮地答："何梦瑶，我希
望你说话要负责任。我林超群行得正、走得直，不怕鬼来敲门。我们
之间，不管什么情况，哪怕离婚，我希望你也要保持风度，别变成一
个泼妇。我现在在谈事情，你别打扰我，我明天就回来了，有什么事
回来再说！"然后他挂了电话。

　　我呆住了，他自己做了错事，还这么嘴硬？难道说他真是受冤
枉的？

　　我对黄志坚说："假如你掌握的情况属实，想要怎么对付林超群，

那是你和他之间的事，我绝不怪你。一个人，必须为自己的行为承担责任。他是这样，你也一样。希望你好好想清楚，一定要弄清楚事情的真相，做任何事都要考虑好后果。你知道，我很忙，事情太多了，这样吧，如果有必要，改天我们有空的时候再聊。"

我抢着埋了单，扔下黄志坚自顾自地走了。

我不知道别的女人遇到这种事会是什么表现，我只是有些愤怒，没觉得天要塌下来。我不知道这是因为我对林超群还有信心，还是因为我们彼此关系一直比较平淡，所以没那么在意他。

我了解被心爱的人背叛的那种刻骨铭心之痛。曾经有不少来访者，向我讲述他们用心爱一个人，可是当他们发现爱人背叛，比如在爱人的手机里发现爱人和别人的暧昧短信，一个个心痛得无以复加。

不爱有不爱的好处。或者，不是不爱，而是，曾经的爱已经转化成亲情。既是亲情，彼此便有一份笃定，笃定了这个人不是可以被抢走的，笃定了这个人绝对不会离开，因而没有太多担心。

这种感觉是喜还是悲？

一夜无眠。

我本来就容易失眠，受到这样的冲击，入睡当然更不容易。我一直在想，林超群回来之后会给我一个什么样的说辞？

一大早，我索性爬起来整理一些心理咨询的笔记。

九点，我跑到心时空心理咨询工作室去等那个叫"心如止水"的来访者，等了半个小时还没见到影子，我于是重新回家。心里究竟有些不舒服，我开始质疑自己这样是不是太自找苦吃。

就这样，先是突然有人告诉我，说我的老公勾引人家的老婆；然后，工作上又遇到小小的不开心，所以，当林超群进家门的时候，我自然不可能有好脸色，而是狠狠地瞪着他。

"别像对待仇人那样瞪着我！你用你的脚指头想一想，我和黄志坚的老婆都在同一个城市，都有自己的车，晚上十二点多钟，如果我们真有什么很特殊的关系，就干脆到宾馆里开间房，睡到一起去，躺到床上去聊，打那么多电话干什么？"

这是下午一点多林超群回到家，跟我说的第一句话。他眼睛里布满血丝，看起来很疲惫。

这话听起来很有道理，但仅仅是听起来有道理而已。

这世上，有些事情的真相，真的只有当事人自己才知道。他所说的和他所做的是不是一回事，也只有他自己知道。别人只能推测，如果当事人拒不说出实情，别人是无法验证得了的。

"那你们说些什么？那么晚了，还说那么久，会有什么事情值得你们讨论这么久？"

"黄志坚自己是个很偏执也有些小心眼儿的人，他动不动就怀疑他老婆有外遇，他老婆给我打电话，就是向我诉苦。"

"问题是，电话是你打给她的。"

"她发短信给我，我懒得编短信，就直接给她回电话。"

"她为什么要找你？她怎么不找我呢？"

"我怎么知道她为什么要找我？当然，我承认，我跟她关系还不错，我们有几个人经常在一起吃饭喝酒，可能她信任我，愿意跟我说她的心事。"

"那你为什么不避避嫌？半夜三更的，跟一个女人通话通那么久，怎么会有那么多话要说？你有什么居心？"

"好了好了，我知道我错了，下次不会这样了，行不行？你别得理不饶人。"

他边说边往浴室里走，显然准备洗个澡。我悻悻地瞪他一眼，然后出门了。

有我更想见的人在等我。

虽然上午，那个网名为"心如止水"的女人没有如约前来，害得我空等了半个小时。但是李岑岑，那个写了《天使的翅膀》的美女主播，在中午跟我约好下午三点面谈。

我不知道自己是否有些变态，我对李岑岑故事的关注度居然超过了我自己老公的那些破事，难道我真的已经完全相信他那套说辞？不管了，反正我的思绪已经转移到即将见面的美女主播身上去了。

那个能够写下《天使的翅膀》这种美好篇章的李岑岑，她有什么精彩的故事？有什么心头之痛要来倾诉？

Chapter 9

李岑岑：男人为什么老是出轨？

李岑岑比我想象中更为美丽动人。

她在《天使的翅膀》中是这样描写自己的："看起来也就中等以上姿色，不过，她的气质优雅，眼睛特别明亮，仿佛内心深藏着的锦绣，非常自如地从眼神里一点一点流露出来。"

这一段外貌展示，我印象很深。

事实上，她对自己的外表过于低调了些。在我看来，可以毫不夸张地说，她那不加雕琢的美，非常吸引眼球，宛如山谷百合，清新独特，让人见而忘俗。

广播电台的主持人，形象这么出色的，确实少见，因为一般漂亮的女孩子，如果想当主持人，大部分都会成为电视台的主持人。但李岑岑说，她之所以选择当广播电台主持人，是因为她自己内心一直有这样一个情结，她的母亲年轻的时候就是广播电台的记者，她自己小时候很喜欢听广播，她到广播电台就是为了圆梦。

李岑岑望着我微笑的时候，脸上有两个小小的酒窝，更加迷人，她问："何老师，你已经看过《天使的翅膀》了吗？"

"是的，我拜读过你的大作了，写得相当精彩。"

"我说话喜欢直来直去的。不用说，你当然知道女主角叶微微就是我。然后，我想告诉您，我现在已经是小说中写到的那位董事长潘唯毅的妻子。"

"哦？"我有些吃惊。我猜到了潘唯毅和叶微微会有一段婚外情，但没想到他们真会结婚，这确实让我有些意外。因为事业成功的男人，很少会真的离婚去娶和自己有婚外情的女人。不是没有，是很少。

"潘唯毅就是那个打热线电话到我节目中来，后来又消失了的安恒。如果您还记得起来的话，安恒的妻子是得了癌症的。"她看出了我的困惑，淡淡解释了一句。

"哦，岑岑，你是说，潘唯毅就是安恒？他的妻子得了癌症？"

"是的。我们认识半年之后，他的妻子去世，然后，再过半年，他向我求婚，我们就结婚了。"

"哦，你们，真是很有缘，简直是奇缘。"我斟酌着自己的措辞。

"是的，确实很有缘，可是，光有缘是不够的。唉，我发现，可能是我自己太简单了，而人性太复杂了。"

"为什么这么说呢？"

"这样吧，我先生的真名，我不太想透露，我们就用潘唯毅称呼他吧！其他所有在《天使的翅膀》中出现过而我还要继续提到的人，我都用那里面的名字称呼他们，都是化名。"

我点点头，表示认可，她又接着说下去："在《天使的翅膀》中，我塑造的潘唯毅是一个重情重义的男人，这也是我最初对他的印象，可是后来我发现，天哪，你永远不能在跟一个人有深交之前对那人下定义，这个看起来成熟稳重、值得信赖的男人，居然常常花心出轨，我实在是忍无可忍，才想到要做心理咨询的。我无意中在网上找到了你，而且，我觉得你应该很适合我。"

我微笑，再点点头，既不表示肯定，也不表示否认，只是鼓励她继续说下去。

"我发现的第一个出轨对象，就是文章里面提到过的林燕归。那时候我和潘唯毅刚结婚三个多月。有一次，潘唯毅让我和他一起去重庆出差，起初我答应去，但是后来，杜林风的《风知道答案》临时邀请我当嘉宾，做两期特别节目，节目录制按计划需要两天，我就说我不去重庆了。后来节目录制进展相当顺利，我们一天就录完了。那时候，我发觉自己特别想念潘唯毅，于是不声不响地飞过去，想给他一个惊喜。我知道他只住五星级宾馆，而且通常是选择喜来登、皇冠假日这几个酒店，所以很容易就查到了他的住处。"

说到这里，李岑岑叹息了一声，似乎要凝聚更多的力量才能继续往下说："我找到他住的酒店房间时，是晚上九点多。我按门铃的时候，故意用一张报纸挡住了门上的猫眼。他在里面问，哪位？你知道我是播音员，想用不同的声音说话是小菜一碟，于是我变了声音说，服务员，给您送一份快件。"

她又叹息了一声，愣了一阵才继续说："然后他来开门。门一开，他只探出头来，而我不由分说就往里面闯，然后哈哈大笑着去拥抱他，结果，他尴尬万分，我这才发现他赤裸着身体，而且非常可疑地有些手足无措，不知道该怎么办才好。我再进到房间里一看，林燕归居然躺在床上，同样一丝不挂，而且可恨的是，她的表情竟然相当自然，甚至有些幸灾乐祸。"

李岑岑喝了一口水，脸上的表情既受伤又迷惘，也充满了愤怒。

我仍然只是望着她，眼神里充满了解和安慰。这个时候，我最好什么都不要说，而是静静地等待她自己再次开口。

"在《天使的翅膀》这篇文章中，只有第二章里面潘唯毅和林燕归两个人的一夜情是我自己杜撰的。但这样的杜撰，我估计跟实际情况出入不大。事情是这样的，后来我成了潘唯毅的助手之后，我觉得林燕归有嫉妒我、处处刁难我的意思，比如说一个会议，主题是探讨她所在的部门的工作，我按照惯例让她通知各部门负责人开会，她居然说她很忙，要我自己通知……这些都是小事，但小事情多了，我也有些不满，于是就跟潘唯毅诉苦。他那天兴致很高，亲口告诉我，林燕归曾经很想靠近他，甚至主动诱惑过他，连那半个苹果的细节，都是他亲口告诉我的——但当时他说自己没有接受她。可我写这篇小说的时候，我还是想象他们有过一夜情。

"当我看到床上的林燕归，什么都明白了，原来他们一直背着我有来往。当时气氛非常紧张，也非常尴尬，我狠狠瞪着林燕归，她躺在床上用被子盖住自己的身子，转身对着墙，毕竟还是有些羞耻之心。我疯狂地想要把她暴打一顿，但我克制住了那种冲动，然后一个人往外冲了出去。一出宾馆大门，我就上了出租车，几分钟以后，潘唯毅打我的电话，我没接。他打了至少十次，但是我就是不想接。他发短信说是林燕归自己主动要过来的，他拒绝都拒绝不了。反正短信我也不回。然后，我一个人找了个地方住下来，一夜无眠，订了第二天最早的班机准备回长沙。第二天一早，在候机时，潘唯毅找到了我，他说他查询了订票记录，也买了一张那班飞机的票，准备和我一起回去，但是我没看到林燕归。他一看到我就上来拥抱我，求我原谅他，他说一个男人很难拒绝主动送上门来的女人。当时人很多，我不好意思让他丢脸，也没太过分挣扎。"

可以想象叶微微和林燕归之间的斗争简直是一部现代的宫斗戏，但李岑岑没详细说，我也不便追问。

李岑岑沉默一阵，喝口茶，整理思路之后，继续往下说："重庆回来之后，林燕归再也没在我眼前出现过，也就是说，她离开了公司。我慢慢原谅了潘唯毅，可是不管怎么样，我们之间的感情出现了轻微的裂痕。要知道，我们曾经是非常相爱的。"

说起他们的相爱，李岑岑的眼睛重新有了光彩。

"潘唯毅说他在我去应聘的时候，已经对我一见钟情。第一天下班的时候，他就要请我吃饭，说有很重要的事情告诉我。那一次，他问我还记不记得那个因为听到《天使的翅膀》这首歌打电话参与节目的安恒，我说记得，他说他就是安恒。当时我大吃一惊，真是想不到世界这么小。然后他跟我聊起了他年少时的广播梦，聊起了他妻子的癌症，以及他妻子其实已经开始鼓励他重新找一个女人，可以代替她来照顾他。那天晚上我觉得我像是在做梦，我简直不相信这世界上有这么巧的事情。一个星期之后，他安排我跟他一起去日本，在日本最豪华的宾馆房间里，我跟他在一起了。我不知道别的女孩子是否能够抵抗这样的诱惑——奇迹般的相遇、浪漫的异国风情，反正我不能，也不想去抗拒。一个如此优秀的男人，一段那么浪漫美丽的旅程，我放纵了自己。那段时间，我们确实如胶似漆，我相信这世上最相爱的情侣，也不过如此。

　　"我们的感情一直非常好，后来他的妻子去世，我们过了半年就结婚了。婚后我们依然甜蜜和美，直到那次在重庆发现了床上的林燕归。从此，我开始不信任他，他每次出差要我去，我都非常纠结。我想，是不是如果我不陪他去，他的身边立刻就会有别的女人？每次一想起这件事，我就全身都会发抖。再后来，他不怎么带我出差了，他说带着家属出差，不方便。对了，何老师，我忘了告诉你，从重庆回来，我也辞职了。其实公司早有规定，夫妻不能够在同一个部门，我们只是领了结婚证，结婚的事，起初一直没有对外公开。后来从重庆回来，为了让我回心转意，他补办了一个非常隆重的婚礼，我说了他其实是爱我的。然后我就一直在家里当全职太太，也准备要生一个孩子。

　　"可是我和潘唯毅的关系，从当初的琴瑟和鸣变得有些格格不入起来。我动不动就怀疑他和别的女人幽会，他很烦躁，我们之间的距离变得有些远。然后，当我苦闷的时候，我也会找杜林风诉苦。其实，我知道以前杜林风也喜欢我，只是，当时我对他感恩的心多过感情，再加上，他的粉丝实在太多了，动不动就有漂亮的小姑娘跑到台里送花给他，对于这样的男人，我认为自己不够有把握，所以，我们并没有开始。我和潘唯毅出现感情问题之后，跟杜林风在一起的时间就多了些。不过，我们每次都是在茶馆的小包厢里聊天，并没有什么非分的举动。可是，潘唯毅也开始怀疑我，并且不允许我跟杜林风往来。他说我是一个女人，要守妇道。我就说，首先，我没有不守妇道；然后，我希望他也要尊重我的感受，不要再和别的女人交往，不要把自己的感情弄得那么乱。他当时答应了我。

　　"我们之间又平静了一段时间。正当我准备死心塌地为他生一个孩子的时候，我又发现他有了新的出轨对象。这件事情就发生在前些日子。我这才下决心要找心理咨询师，在专业帮助下给自己一个最后的决定。"

她说着，叹了口气，停歇下来。时间已经过去了一个小时。

一般的心理咨询，规范设置是每次一个小时，但是，对李岑岑，我决定例外，只要我自己的精神状态允许，她要谈多久，我就陪她多久。

"你是怎么发现潘唯毅有新的出轨对象的？"我适时发问。

"一个多星期以前，潘唯毅要去厦门参加一个行业大会。我刚好有一次送东西去他办公室的时候，看到过那份会议通知，报名的时间是周日。可是，他后来却对我说周六就要去报到。我觉得这里面有问题，于是，悄悄找了个私家侦探跟他一起去厦门。果然，第二天，私家侦探就拿着一叠照片飞回来向我交差，潘唯毅确实是提前去厦门会别的女人了。照片上那个女孩子估计也就二十来岁，长得非常漂亮。我真的快要晕了。为什么男人出轨那么防不胜防？何老师，你能不能告诉我，是所有的男人都爱出轨，还是潘唯毅一个人是这样？为什么潘唯毅曾经那么爱我，而现在，他其实也仍然爱我，可他为什么还是要出轨呢？我该怎么办？"

这下轮到我叹息一声了，我说："你提的其实是两方面的问题。一方面是关于男人出轨，另一方面是关于你自己该怎么办。前面一个问题我可以做出一些解释，后面一个问题，恐怕最后必须由你自己做出回答。关于男人出轨，怎么说呢，在目前我们这个社会里，这是一个非常常见的现象。应该说，既不是所有的男人都热衷于出轨，也不是只有潘唯毅一个人会出轨。"

我清了清嗓子，继续说下去："出轨这回事，原因其实非常复杂，从生物遗传的角度来说，男人有出轨的本能，因为在动物界，雄性动物要利用一切机会传播他们身体里的雄性基因，别忘了人类也是一种动物；从社会学的角度来说，男人出轨似乎更容易被这个社会宽容，你应该知道，就在解放前，我们这个国家还是允许三妻四妾的；如果从人性的角度来看，一般说来，越是成功的男人，他的精力越充沛，所以他的雄性荷尔蒙分泌越旺盛，这种男人对性的需求是比较强烈的；当然还有一个方面，一个成功的男人，他面临的诱惑会特别多，如果他难以抗拒那些诱惑，出轨就成了必然。就潘唯毅个人来说，我从你的小说里看到，他的亡妻对他有恩，他以前一直算是忠诚于他的亡妻，那么他在严格自律多年的情况下，一旦束缚被解除，从而会前所未有地放纵自己，也是有可能的。"

李岑岑听得有些发愣，她问："难道你的意思是说，潘唯毅出轨情有可原？"

我说："我不是这个意思。我们现在不是在讨论潘唯毅或者说一些男人为什么要出轨吗？这只是一个分析。"

"那我该怎么办？听你这么一分析，我就觉得好像大部分男人，尤其是成功男人，基本上都会出轨。"

"这个问题我们两个人就无法讨论了。因为隐私是人性埋藏最深的部分，就像大树下面的树根。事实上，应该总有一些成功男人非常自律，忠于自己的爱人和家庭。这要看你遇到的是一个什么样的人，你们之间的关系建设得怎么样，还要看你自己怎么取舍。现在你的情况是，你遇到了一个虽然爱你，却容易出轨的男人。你也面临一个难题，到底是忍受他的出轨，跟他生一个孩子，和他继续维持这份婚姻；还是不接受他对你的背叛，和他离婚。对此，你自己也很徘徊，是吗？"

李岑岑点点头。

"你觉得你自己目前是什么倾向呢？"

"我矛盾得要死。有时候，我想干脆睁一只眼闭一只眼，先要一个孩子算了，也许孩子生下来，他会收敛一些；有时候，我觉得他太可恨了，我不能原谅他，还是离婚算了。我就这样左右为难，无法做出决定，一天到晚好痛苦的。"

"你跟他好好谈过吗？"

"谈过。他总说要我学会理解男人，体贴男人；还说我是他的妻子，他永远不会抛弃我。我说我希望爱要真诚，婚姻要忠诚，他就不作声。有时候他还说：'唉，岑岑，你不知道，男人有时候根本是身不由己。'"

"你接受他这些说法吗？"

"我不接受，我觉得他这是在找借口。"

"也许是找借口，可这也是你不得不面对的现实。你确实要好好想清楚，你需要这样一个不断出轨的老公吗？"

李岑岑突然扑到我怀里，号啕大哭。

她哭得撕心裂肺，让人动容。不知道胸中郁积了多久的愁闷，此刻如喷泉如瀑布般倾泻出来，一发不可收拾。

至少二十分钟之后，李岑岑总算止住了哭泣，她说："何老师，谢谢你，通过跟您交流，我对于男人，总算有了些新的认识。回去以后我会认真想清楚，究竟该怎么办。等我想清楚了，也许还会来找你。"

目送李岑岑远去，我拿出调到静音状态的手机。

我的师兄林云漠找过我，有他的两个未接电话和一条短信："晚上有空吗？"

啊，真是太好了。想想这两天发生的家庭风波，我要好好跟师兄做个交流。我甚至暗想，假如我的老公真的那么不珍惜我，我也放纵自己算了。这世道，谁怕谁？

当然，我知道我自己，向来是内心狂野而外表传统，只不过是这样想想而已。

可是，为什么我会这么想呢？这不明摆着我内心有些蠢蠢欲动吗？

唉，我原谅自己这样做做白日梦。因为对我而言，林云漠，我的这位风度翩翩的师兄，既有满腹才华，现在又涉足最炙手可热的权力中心，对我而言太有诱惑力了——我有严重的英雄情结，我确实欣赏那些有能力有作为的男人。

我倒要看看自己究竟有多大的自我控制能力和对外在诱惑的抵御能力。

或者，我根本就不想抵御，其实想要飞蛾扑火一般扑上去，只是怕受伤而已。

Chapter 10

林云漠：男女之间的完美关系

据说爱情常常在 0.8 秒之内就会被决定。

能够如此迅速做出判断的，当然主要是眼神。

林云漠的眼神里，既有温暖明亮的光，也有世事洞明的淡然。一个颇有阅历，而且精神世界极为丰富的男人，才可能拥有这样幽深的眼神。

茶馆的包厢门被我推开的瞬间，我的目光就和这样一种眼神交织在一起。

我顺手把门轻轻关上，站在门边含笑望着他，却不靠近。

他站起来，走几步，伸手把我拉进他的怀里，给了我一个紧紧的、热烈的拥抱。

在他的怀里，我深深地、缓慢地呼吸。

这一刻，温暖、安慰、自由，各种美好的感觉从我心间奔涌而出。我的灵魂如同一弯历经风雨飘摇的小舟，在此刻靠岸。是的，我愿意他是我灵魂的岸。

与这灵魂的安宁相伴而来的，还有身体里莫名的骚动。这样的拥抱引发了各自的身体反应，我们明显地感觉到了彼此的激流暗涌。

过了好一阵，他才拍拍我的背，把我放开了。

我们各自坐下来。

桌上摆着各类瓜果及小吃，满满一桌子，有我爱吃的美国山核桃、开心果，也有荔枝、小杧果、哈密瓜之类的新鲜水果，还有开胃的凉拌海苔、鸭翅膀。

我面前已经摆着一壶茶，正袅袅冒着热气和香气，正是我上次喝的那种"三宝茶"，里面有红茶、罗汉果、桂花。我望他一眼，赞赏道："你好细心。"

他笑着道："我只是有时候细心，而且只是在有些人面前细心。"

这话说得多么有水准。非常含蓄，用心却表露无遗。

我开玩笑说："你的话，我可能听懂了，也可能没听懂。"

他哈哈大笑，端起自己的茶喝了一口，我猜他喝的可能也是和上次一样的极品铁观音。

我跟随他的动作，也喝了一口茶，似乎要以此来浇灭心中涌动的激情——甚至可以不加掩饰地说，是情欲。

林云漠曾经在一篇论文里说，男女之间最大的张力是性欲，爱情只是文化背景下的一种修饰。这和心理学精神分析学派鼻祖弗洛伊德的观点是一脉相承的。不同的是，弗洛伊德强调性是一切的主宰力量，对爱情提得很少。而像林云漠论文里说到的那样，把爱情归结为一种文化修饰，我不知道这是谁的观点，既然我是从林云漠的论文里看到的，也许可以认为是他自己的独创。

林超群也说过一句非常直接的话："一个男人对一个女人无事献殷勤，最直接的目的就是和她上床。成不成是另外一回事。"

说实话，我是一个爱情至上主义者，我觉得男女之间最重要的是爱情，至于性，如果情之所至，我不排斥，但前提还是要有情。不过仔细想想，师兄的观点其实是非常直接、非常深刻的。因为在正常情况下，爱情的最终结果必然会带来性的欢娱。

我不否认也不排斥自己内心深处这种涌动的欲望。而且我明白，师兄对我，也是一样的。如果我和他之间彼此完全没有性的吸引，没有这样一种张力，我们在见过一次之后，基本上不会再有第二次的单独相见，他更不会在喝醉酒之后还想着要见我。

但是，以目前的情况，我们都必须克制自己。

放纵很容易，克制却是难的。

但说不清楚放纵和克制，哪一个更美。

"你好像瘦了。"我端详他，含笑说道。

"是瘦了，这一个多月，我瘦了六斤。"

"为什么？"我吃了一惊。

"因为我开始锻炼身体。人到中年，必须注意锻炼，何况，我目前所处的岗位和原来不一样，需要更多精力。你不知道我有多勤奋，每天早上六点半就起床去爬山。现在，身体状况越来越好。"

他夸张地握拳屈臂，做了个健美造型，逗得我哈哈大笑。他却只是微微一笑，而后轻声问道："梦瑶，你呢？近来可好？唉，第一次看到你，我就觉得你的神情有些忧郁，让人心疼，让人担忧。"

他的称呼和语气让我心头一颤。以前，他一般是用半开玩笑的口吻叫我"何老师"；或者不厌其烦地说出五个字"何梦瑶女士"；最多，是亲昵地叫我"师妹"。

他第一次如此温柔地称呼我，梦瑶。而且，他说他心疼我，担忧我。

心中一阵暖流涌动，但我叹口气说："不怎么好。"

他用关切的眼神望着我，我略微把有人找上门来扬言要教训我老公林超群的事叙述了一遍。他用心听着，而后说："这其实只是一个小插曲。如果你们夫妻关系处理得好，把事情说清楚，也就过去了。还有，我总觉得，一个女人，对自己老公的态度应该是关心和宽容。如果家庭关系建构得好，不管遇到什么事，最终都会过去；如果实在过不去，那就只能解体。不管面临什么情况，只要理智、冷静，用善意去面对，那就没什么解决不了的问题。"

我知道他是对的。不过说实话，此刻坐在他面前，我并不想过多地谈论我的家庭或者他的家庭。我只关心我和他，我甚至有些后悔，不该说出跟林超群有关的话题。

窗外一阵突兀的风声吸引了我们的注意力，那风声呜呜咽咽，如同远古巨兽的鸣叫。我们不约而同地倾听了一阵，再不约而同地去端茶杯，忍不住相视而笑。

林云漠开口道："梦瑶，我觉得我们今天需要解决一个大问题。"

"什么大问题？"他的措辞让我有些吃惊。

"我们的关系问题。我想在我们之间建立一种接近完美的男女两性之间的关系。你知道，我是一个目标感很强的人，我不喜欢太随性，不喜欢走到哪里算哪里。当然，目标建立起来了，一样可能会根据实际情况调整，但我不喜欢没有目标。"

我反问："接近完美的两性关系？能不能说得更具体一些？"

我承认我心跳，脸红。

"你希望我们之间怎样交往呢？"他先把皮球踢还给我。

"我觉得目前这样很好啊，偶尔在一起喝喝茶，交流一下。"我不痛不痒地说。

"这样是很好。但是，如果我们没有任何约定，你觉得这样能长久吗？"

长久，天长地久。

说实话，他如此真诚、如此坦白地说话，正中我下怀。我喜欢这样的语言方式，人与人之间的关系因此更加丰富和真实。

"你希望我们有什么样的约定呢？"

"我希望我们能够约定成为彼此内心最忠实的盟友，永远互相支持，互相关心。我们可以追求一种热情的、真诚而深刻的、纯洁的关系，甚至可以这样，在彼此面前，我们可以没有秘密。当然，如果有些事自己实在不愿告诉对方，也可以有所保留。还有我们之间必须说真话，不能说假话。如果要说假话，不如不说。我觉得，这是男人和女人之间除婚姻爱情之外，最完美的一种关系，甚至比婚姻爱情还要完美。因为爱情和婚姻都有太多的负重，而这种关系很少有，很纯洁，也很轻松。"

内心最忠实的盟友，互相支持，可以没有秘密，只说真话，不说假话。

我思索着他所说的约定的关键词。其实就是人们所谓的"红颜"

"蓝颜"，男女互为知己。只不过，林云漠用自己喜欢的词语做了概括。

这个邀约吸引了我。说实话，我见过不少以性为目标的男人，恨不得一见面就把女人抱到床上。怎么说呢，这太粗糙了。我个人确实更欣赏高雅而华美的精神交流，至于说彼此的情感酝酿到了一定的程度，产生无法遏止的性的需索，那才是水到渠成的美好境界。

然而不知道为什么，他的提议明明是我自己希望的，我却有淡淡的失落情绪。不记得是谁说过这样的话，说女人让男人很难办，如果男人调戏她，她会轻视这个男人，觉得他不绅士；可是如果这个男人非常尊重她，对她没有性的企图，她会觉得自己没有吸引力。

难道说，此刻我正怀疑自己在林云漠面前没有足够的魅力？

诚实地说，我心里确实有这样的念头：如果我更年轻、更漂亮一些，说不定他可能一样会恨不能立刻跟我有肉欲之欢，而不是在这里大谈什么纯洁关系。

我忍不住在内心暗暗嘲笑自己。

当然，还值得嘲笑的是目前大部分中国男人的审美观，他们只爱年轻漂亮的女人。应该说这样的爱，确实肤浅了些。要爱，应该是爱生命本身。爱一个人，从红颜到白发，才是深刻的生命之爱。你看，著名歌星王菲、影星刘晓庆，不是并不年轻而依然有人爱吗？只要让自己生命精彩，永远有人爱，这样的爱才是更深刻的。

"梦瑶，你知道我为什么要跟你做一个这样的约定吗？"

我摇摇头。

"因为我很珍惜你；因为和你在一起，感觉非常美好；还因为，我希望你快乐；再有，我不想要你在我们的关系中陷得太深，女人对感情的需求程度，常常超出男人的想象。"

"嗯，我还真没看出来你说的几个原因和这个约定有什么直接关系。"

"那我就把话说得更直接一些吧！我非常喜欢你。从第一次看到你，我就对你有好感，后来你约我喝茶，我们聊得非常愉快。我觉得你是个干脆利落、敢爱敢恨的女人，心里有许多爱的能量，没有来得及释放。何况我们师出同门，你又那么爱学习，我们可以最大限度、深入地探索彼此的内心。所以，我希望能够跟你一直保持比较近的距离。我说的一直，是从现在开始，直到我们老死。"

他深深凝望我一眼，然后继续说："可是，这个比较近的距离到底是多近？可以这么说，如果不是因为踏上仕途，我不会有那么多顾虑，完全可以顺其自然，能多近就多近。事实上，一对早已成年的男女，能够真诚地彼此慰藉，无论身体还是心灵，都是一件很难得的事情。可现在毕竟情况不同，有太多人盯着我，我不能不谨慎。打个比方，如果我现在是在宾馆的房间见你，我肯定就没这么坦然，我会担心被跟踪、被偷拍。说实话，到了一定的位置，经常抛头露面，许多人，你不认识他，可是他认识你，行动就没那么自由。所以，必须掌控好我们之间的距离，我们才能够一路坦然地走下去。太近了，反倒容易有危险。如果能够保持恰好的距离，既没有近得危险，也没有远得不能关心对方，像我们现在这样，经常聚一聚，在茶馆喝茶，任何人看到我，我都能够胸怀坦荡地去面对。你明白我的苦衷吗？我是想了很久，才决定要把这番话对你说清楚的，你要明白我的良苦用心。"

我动容地凝视他，缓缓点头。

"梦瑶，非常奇怪，我跟你才见过两三次，却梦见了你。其实我很少梦见认识的人，也可能是我自己梦见过，醒来就忘了。反正，一次半夜醒来，我发现你在我梦里微笑的时候，我觉得非常惊讶。清晨醒来我分析了这件事，我觉得，可能是因为你比较符合我年少时候喜欢的女孩子的模样。所以你一出现，加上你又勇敢地邀请我喝茶，可能我的潜意识就认定你是我生命中很重要的人了，所以才会梦见你。"他把手递过来，"如果你觉得我们之间真的达成了一种契约，承诺彼此成为对方的心灵知音，我们握手为盟。"

我把两只手都伸出来，紧紧地跟他握在一起。这一刻，我的眼眶有些湿润。也许我的灵魂孤苦地跋涉那么久，就是为了找到这个人。

我们约好不管有多忙，至少保证一个月见一次面。

他狡猾地笑着说："是至少一次，不是说只见一次。如果我想你了，每个星期约你一次，你也要来啊。"

我也笑道："好吧，我争取呼之即来，挥之即去，你总满意了吧？"

他再一次凝望我："我会尽全力克制自己，和你保持恰当的距离。可是，如果有什么特殊情况，越过了这道距离，你不要责怪我。"

这句话让我的脸颊发烫，我假装不在意这句话，自顾抽取一张餐巾纸，拭去不小心溅在桌上的水滴。

他突然想起什么来，说："梦瑶，过几天我要启程去澳大利亚，参加一个心理学国际学术大会，半个月以后才回来。就算我想见你，也要二十天以后了。"

他的话让我顿生离愁，我的内心有些苦涩。

我在心里警告自己："不要真的爱上他，他只是我假想的情人。"

我又想起那句古诗，只不过可以改一个字：山有木兮木有枝，心悦君兮君亦知。

何梦瑶，不要不知足，你不可能拥有你想要的一切。

在回家的路上，我还沉浸在那个临别拥抱的幸福回味里，突然收到杨洋的短信："梦瑶老师，我已经可以请你做咨询了吗？明天上午十点我到工作室找你，好吗？"

看来这个因为移情原本一天到晚想要跟着我的大男孩儿，已经开始遵守界限了。

我回了一个字："好。"

到家的时候已是十一点，林超群还没睡，显然在客厅里边看电视边等我。他转头看看我，笑着说："你的头发有点儿乱。好久没给你洗过头了，来，今天我给你洗洗头。"

他用指腹轻轻按摩我的头部的时候，我的泪水流了下来。

不只是因为感动，而是，我告诉自己，婚姻和爱情不是一回事。在这世上，要学会接纳，学会臣服。许多事，你必须要接受它们本来的样子。林超群才是我生活中真正的伴侣，而林云漠，那只是一个梦。

不知道是小别胜新婚，还是因为心里选择了原谅和接纳，这个晚上，我和林超群在床上配合得非常好。

入睡前，我开始在脑海里给杨洋设计咨询思路。杨洋是一个内心到处充满黑洞的大孩子，我将带他去慢慢探索，他必须学会避开或者填补那些坑洞，这一生才有幸福可言。

Chapter 11

杨洋：填补心灵的黑洞

"梦瑶老师，请原谅我前两次对你撒了谎。"

杨洋的开场白多少让我有些吃惊，因为如果对心理咨询师撒谎，那就意味着，他首先已经对自己的潜意识撒过谎。

一般情况下，在心理咨询师面前，来访者可能会有所保留，但撒谎并不是常态。人们不需要花钱来撒谎。他们大多是来倾诉自己的心事，解剖自己内心不可示人的秘密，并且得到专业指导。撒谎不是一件合算的事，也没太多必要。如果撒谎，肯定有缘由，并且，撒谎是一种非常不成熟的防御方式。

我不作声，探询地望着他。

"前两次跟你咨询，谈到我妈妈的时候，我说了很多假话。"杨洋低着头，一脸懊丧的表情。

他今天穿着白底棕色细格休闲衬衫，浅蓝色牛仔裤，一双深蓝色板鞋，如果他不说话，如果不知道他的底细，你会觉得他是相当帅气、相当有吸引力的一个小伙子。

"哦,你说了什么样的假话?"我终于开口问。我记得他说母亲在他八岁的时候去世了,是得癌症去世的;他说母亲非常地疼爱他,每天晚上睡觉前都会搂着他给他讲故事。这里面到底会有些什么谎言呢?

"嗯,我怎么跟您说呢?首先,我妈妈不是得癌症死的,她死于自杀。是趁我去上学、我爸爸也不在家的时候,开煤气自杀的。当时她还吃了大量安眠药。"

他母亲自杀,其实既是对她自己生命的放弃,也是对包括儿子在内的家人的放弃,对自己所有生存责任的放弃。我推测,杨洋无法承受母亲放弃了他这种念头,所以故意把母亲的死因归结为她自己无能为力的癌症,这是杨洋一种幼稚的自我保护方式,可以理解。

但我还是想听听他自己的说法,于是问:"你觉得自己为什么要这样撒谎呢?"

"我无法接受我妈妈竟然忍心丢下我不管,所以,我宁愿她是得了不治之症而死的。对不起,梦瑶老师,我当时不知不觉就撒谎了,不是故意的。其实跟你说完那些假话,我自己都很惊讶,因为我事先根本没打算撒谎。"

"我理解你,还有什么事情是与事实不符的呢?"这时我尽量避开"撒谎"、"说假话"之类的负面字眼儿。

"还有,其实我妈妈根本不爱我,她非常讨厌我。我说睡觉前她搂着我讲故事,那是我自己虚构的,全是假的。"

"为什么你会认为她讨厌你?事实上,很少有母亲不爱自己的孩子。"

　　杨洋沉默一阵，开口了："我们家的经济条件一直不错，直到现在，我都不用去上班，我爸爸每个月会给我几千块钱零花。那时候我爸爸妈妈感情很不好，爸爸是建筑工地上的包工头，他经常在外面和别的女人玩，我妈妈很生气，她管不了我爸爸，就拿我出气，动不动就打我。她一天到晚不是哭，就是乱摔东西，要不就是出去玩牌，有时候甚至通宵都不回家。

　　"我才七八岁的时候，就不得不自己给自己做饭，当然，一般都是热一下剩菜剩饭。晚上，我经常是一个人躺在床上，哭着哭着就睡着了。有时候半夜醒来，我大叫爸爸妈妈，却没人回应，家里就我一个人，我又在恐惧中睡过去。在我的记忆里，我妈妈从来没有抱过我，从来没有给我讲过故事。我的妈妈根本不爱我，她连喊我的名字都不愿意喊。你根本无法想象，她喊我的时候，用的是哪几个字。"

　　说到这里，杨洋停顿下来。

　　"哪几个字？"我觉得他的表情已经有些异样，于是开口问他。换作平常，我会保持沉默，直到来访者自己想要接着说。

　　"短命鬼。她每次叫我，就叫短命鬼。"杨洋哽咽着说出这句话，突然仰面哈哈大笑，然后又大哭起来。

　　我的心忍不住收缩了一下。

　　短命鬼！正常情况下，哪有母亲会这样咒自己的孩子？比较合理的解释是，这个母亲自己根本就不正常，或者说根本就不懂事。她咒孩子，其实是在咒自己。

　　我突然转念想到了另一种情况，我记得我外婆告诉过我，在乡下，农村妇女们是喜欢骂自己的孩子的，好像骂得越厉害，孩子的命越贱，也就越容易顺利长大，或许，杨洋的母亲小时候是在乡下长大的。她的母亲，也就是杨洋的外婆，可能这么称呼过她。所以她也这样对待杨洋，而杨洋却并不知情，对此做了错误的理解。我要想办法把这种解释告诉他。

我终于更深地理解了杨洋。一个童年极度缺爱的大男孩儿，即使生理年龄已经二十二岁，他的心理年龄仍然只有八岁。他的妈妈离开之后，他一直拒绝成长。

这是一个严重缺乏自我存在感和自我价值感的人，我决定对他进行催眠治疗。

我对哭得有些疲乏的杨洋说："来，到那张椅子上去躺一躺，休息一下。"

那是一张弗洛伊德榻。顾名思义，它是由心理学家弗洛伊德发明的，可以让来访者在上面休息，做自由联想，也可以用来催眠。

我拿出一个水晶球，捏住链子让它在空中轻轻摆动，问杨洋："你见过这种水晶球吗？"

杨洋说："好像在电视上看到过。梦瑶老师，你想给我催眠？"

"我想让你放松一下。身体全面放松。来，感觉你全身的每一个细胞都放松下来。调整自己的姿势，感觉到最舒服为止。很好。深深地、慢慢地呼吸。眼睛盯着这只水晶球。水晶球里凝聚了许多能量，可以让你变得安静。如果你觉得眼睛有点儿累，那就闭上眼睛。慢慢闭上，想睁都睁不开，一直闭着，直到我让你睁开。"

显然杨洋很容易受到暗示，他的眼神变得越来越蒙眬，终于慢慢闭上了，宛如熟睡状态的婴儿。

望着这个面容俊秀，却在生命早期极度缺乏被爱经验的大男孩儿，我的母性被空前激发起来。

此刻，我是一个导演，我要在他的潜意识层面导演一幕戏，让他感觉到，自己同样是被深深爱着的。

我不知道我能不能做好，不知道我能做到什么样的程度，因为这不是我一个人的事，还要看杨洋的感受和表现，我无法预知这个过程中会不会出现什么意外情况。

但我必须进行尝试。

"杨洋，现在请想象自己到了童年时代最喜欢去的一个地方。好，告诉我，那个地方是什么样子？"

"那是一棵树，我们院子门前的一棵大樟树。小时候我经常爬到树上去，坐在那里等我妈妈回来。可是经常天都黑了，我妈妈还没有出现。"

"好，现在，你仍然坐在那棵树上。这个时候，你妈妈来了，她在树下叫你。如果你不介意，我就是你妈妈，现在站在树下，伸出双手，让你下来，一起回家。"

杨洋却沉默了。

我尽可能假想我是杨洋的母亲，轻轻地对他说："杨洋，下来，小心，别摔跤，我们回家。"

杨洋却双眉紧锁，不说话，也不动。

"怎么了？杨洋？你不想回家吗？"

过了好一阵，杨洋翕动双唇，终于带着哭腔开口了："我想回家。可是，妈妈，我要问你一个问题。既然你一点儿都不爱我，为什么你要生下我？"

　　显然，在催眠状态下，杨洋把我当成了他的妈妈。

　　我简单地、温柔地说："妈妈很爱你。"

　　"不！你撒谎！你从来没有爱过我！你从来不对我笑，从来不跟我说话，一开口就骂人，你从来没有抱过我，这怎么是爱我呢？你是骗子！你不是我妈妈！"杨洋的泪水汹涌而出，流了满脸。他一挥手把盖在他身上的薄被掀翻，旁边茶几上的一杯水也被掀翻了，但他的眼睛仍是紧紧闭着的。

　　他的激烈反应在我的预料之中，我把被子拾起来，重新给他盖上，再把杯子放好——至于地上的水，此刻无暇顾及——然后继续扮演他的妈妈。

　　"杨洋，请你原谅我，原谅妈妈对你所做的一切。你的妈妈也是一个心灵没有发育成熟的人，甚至怎么去爱自己都不知道，所以，也不懂得怎么去爱自己的孩子。杨洋，你现在长大了，能够试着体会妈妈的心情吗？"

　　杨洋的泪水流得缓慢了一些，眉头也慢慢松开了。

　　"杨洋，妈妈没有太多文化，加上，你的爸爸不关心我们，经常不回家，我恨你爸爸，有时候，这种恨就可能转嫁到你身上，或者转嫁到我自己身上。我其实不是讨厌你，我是不知道该怎么来改变自己的命运。杨洋，仔细想想，难道妈妈从来没有对你好过吗？"

　　"你心情好的时候，对我好过。我记得你给我擦鼻涕，给我买玩具，还带我一起去动物园。"

　　"是的，在妈妈能够控制自己情绪的时候，妈妈其实对你很好。你是一个非常聪明、非常敏感的孩子，你过于在意自己受过的伤害。事实上，谁都会受伤，越是在意一个人，你越容易觉得她伤害了你。

对了，我以前叫你短命鬼，那并不是骂你，我小时候，你的外婆也这样叫过我。在乡下，流传着这样一种风俗，据说越是骂自己的孩子，这个孩子越容易长大成人。妈妈希望你能够顺利成长。"

"妈妈，为什么你要离开我？为什么你要抛弃我？"

"这是妈妈最对不起你的地方。当时，妈妈实在是完全绝望了。妈妈恨你的爸爸，这种恨让我自己无法承受，所以我选择彻底的躲避。妈妈其实放心不下你，可是，杨洋，你已经长大了，你必须学会自己承受一切。你要记住，你身上流淌着妈妈的血液，只要你在，妈妈就永远陪伴着你。你还要记住，你的妈妈是爱你的，只是妈妈自己很不幸，不懂得怎么去爱自己，更不知道怎么爱你。"

"妈妈，你不要离开我，我不在意你爱不爱我，但是你不要离开我，不要抛弃我。"

"杨洋，妈妈爱你。妈妈在你的血液里，在你的心里，只要你学会爱自己，那就是妈妈也在爱你。妈妈把你生下来的时候，你就已经是一个独立的人，你要自己呼吸，自己成长。妈妈以前没做好的事情，你要帮助妈妈去做好。你现在最需要做的事情，就是替妈妈好好爱你自己。因为在这个世界上，只有你能够证明妈妈存在过。没有妈妈，就不会有你；只要你在，妈妈就永远都在。好孩子，妈妈以前爱过你；现在，你还要替妈妈好好爱你自己。"

这时候，杨洋深深地叹息，脸上的表情很放松，看起来真的要睡了。

我轻轻说："如果想睡，就好好睡一觉。等下音乐响起的时候，你就会醒过来。"

我静静陪伴他，打算让他睡半个小时，再把他喊醒。

在杨洋接受催眠的状态下，我给他的内心植入了两个观点：一个是，他的妈妈其实是爱他的，只是爱的方式不对，而且不知道怎么去爱；还有一个就是要让他学会去爱自己。有了这两点，他应该就可以从极度缺乏爱的状态里摆脱出来，明白真正的爱，是需要自己给自己的。

可是下一步，我需要处理的，是他的女朋友许菲留给他的心灵创伤。问题是，在杨洋和许菲的关系里，是否也有谎言？

这个问题只能留待下次解决。

如果没有什么意外情况，晚上我要和唐艺馨一起吃晚餐。她今天一大早就打电话约我，说晚上一定要见我，她的声音显得有些异样，有些沉重。

这不符合她的习惯，她一般都是什么时候兴起就什么时候打我的电话。如果我有时间，她就来见我，如果我没时间，她也就在电话里叽叽喳喳说一通就算了。

她如此郑重其事地跟我约时间，应该是有什么重要的事情要告诉我，而且可能不是什么好事。

我看看表，再过五分钟，就十一点了，已经可以叫醒杨洋了。

我放一点儿音乐，杨洋果真揉着眼睛醒过来。

他怔怔看着我说："奇怪，我刚刚梦见我妈妈，她说她是爱我的，要我好好照顾自己。"

我温和地说："每个妈妈都爱自己的孩子，只是有的妈妈不懂怎么去爱。"

　　这时候，我听见办公室里梅玲的声音，她说何梦瑶老师正在忙，请稍等。

　　看来，今天我还要接待一位不速之客。

　　这找上门来的会是一个什么样的人？

Chapter 12

一个女人的性秘密

"何老师，我的网名是心如止水，您还记得我吗？"跟杨洋挥手道别的时候，一个女人在我身边轻声对我说，她的声音里有微微的歉意。

我转头看看她，是那个在网上跟我预约又失约要谈自己的性障碍的女子。

这个年轻女人长得很耐看，五官比较协调，嘴唇的形状更是称得上优美，那张嘴唇又红润又有光泽，让人看了有想亲近的欲望。一望便知，她是那种精明能干的女子。

她的穿着很有个性，一件黑底白点的吊带衫，一条牛仔裤，有知性的优雅，而没有刻意的性感。

我当然记得有这么一个人，一个离了婚的女子，声称自己对男人有性方面的障碍。她本该在昨天上午九点出现在这里，那时候她放了我的鸽子；而今天却又不请自来。

但我什么也没说，仅仅是带着职业性的微笑看着这个女子，并微微点头，表示我知道她。

　　"真抱歉，前两天我的手机掉到水里去了，今天才买了部新的。我的手机有关机来电提醒功能，所以知道您给我打过电话。这两天我忙得要命，没时间上网，把跟您预约的心理咨询的事给忘了。刚才我一看到手机提示要我回您的电话，我干脆就直接来工作室找您了。何老师，请千万不要见怪。另外，我的手机只要没开机，它就会显示您拨的用户是空号的提示音。这是我自己选择的设置，我喜欢这样。"

　　我再度点头，表示她的话我听清楚了。

　　她的一番解释可谓滴水不漏，我姑且选择相信吧。何况，她来得可以说正是时候，送走杨洋，我正好就没什么事了。我本来还要考虑怎么分配从上午十一点到和唐艺馨一起晚餐之前的时间。现在，至少整个上午，我的时间全满了。

　　"何老师，坦白告诉你，我最近对性这件事情充满困惑，我觉得有必要跟一个自己可以信任的人进行一番探讨。"

　　我面露难色，但依然很镇定。

　　性是一个非常敏感的话题。我其实没有系统研究过与此相关的许多问题，比如说，为什么人类会把性这样一件原本可以很平常的事情，渲染得那么神秘莫测。诚然，和人类的其他行为相比，性更私密也更复杂，它既包含了物质——性器官，也包含了精神——快感以及性高潮，这双重属性的结合增加了它的复杂程度，而且，性跟人类社会有着全方位错综复杂的关联。我们不断地听到权色交易、钱色交易之类的说法。心理学鼻祖弗洛伊德甚至把性当作人类一切行为的动力。所以性这个现象，确实需要进行专业研究，而目前人们对它的研究还远远不够。

在 QQ 上，我已经跟这位精明的会计师说得很清楚，如果她要探讨纯粹的性方面的问题，最好找专门研究性问题的心理咨询师。我的研究方向是婚姻、爱情和青少年心理发展，虽然说婚姻爱情会涉及性，但，性本身是非常专业的科学，对此我并没有专门研究。

但是她说，她也不是完全讨论性，她的问题其实主要是因为婚姻、爱情失败引发的，所以我才同意对她进行心理咨询。

"嗯，你觉得你具体想说的是什么呢？"我试着询问。

"我想知道我自己在性的表现方面，是不是正常的。"

其实性是非常私人的事情，只要自己觉得满意，基本上无所谓正常不正常，我不知道困扰她的究竟是什么。

"你想知道自己哪些表现是否正常？可能要说得具体一些。"

"这样吧，何老师，我大概跟你叙述一下我自己在性方面的一些经历，我们再来探讨吧。我打算在你面前，尽可能地开放自己，毕竟你知道的还是比我多得多。也许这样，我才会对自己有更多的了解。"

这是一个非常让人省心的来访者，我估计她自己看过不少心理学方面的书籍和资料。

"我不知道有多少人跟我一样，还在童年的时候，就有过性经历。不，准确地说，是性游戏。因为那时候我才六七岁，而引诱我玩游戏的男孩子也才十岁。就是那个小男孩把他的，嗯，那个东西，放在我的隐私部位。我现在记得当时他还完全没有勃起的能力，我们只是在模拟性爱。童年时那个小男孩儿多次找过我，我们既和一群小朋友轮流玩过这样的游戏，也单独玩过，应该说更多的时候是单独在一起。他常常把我带到隐蔽的角落里，抱着我，把他的没发育的阴茎放在我的身上。那时候我心里很矛盾，既担心被大人发现，又对这样的游戏充满困惑和迷恋。这样的游戏对我并没有形成生理上的伤害，但是，它对我造成了一些难以估量的影响。比如说，我早早明白了男女之间是怎么回事，所以，小小年纪就学会了性幻想，而且这件事还直接导致了一个我不知道是不是可以算特别惊人的后果。"

说到这里，她停顿下来，用手拨弄自己的长发，似乎要组织一下语言。

过了一阵，她接着说："这个后果就是，我十一岁那一年，居然在无意中自己达到了一种非常奇妙的状态，我后来才知道那是叫性高潮。我记得，那时候，我在读小学四年级，一个人坐在教室最后一排。有一天，我无意中双腿并拢的时候，突然身体里产生了一种非常奇怪的反应，极度兴奋，让我全身简直无法抑制地颤动了一阵。我完全不知道是怎么回事，于是试图再一次找到那种感觉，试了一阵之后，那种感觉又来了。也就是说，十一岁起，我就体验到了和性高潮类似的感觉。"

她突然问我："何老师，你有过这种经验吗？"

我茫然地摇摇头。每个人的成长经历都是不一样的。

说实话，一个人如此坦率地对我袒露自己在性方面的隐私，这在我的心理咨询生涯中，还是第一次。因为我以前也在有意识地回避和来访者谈论跟性有关的话题。

我不知道心如止水为什么要做这样的选择，她如此坦白，究竟是为了什么。

应该可以在她随后的叙述里找到答案，我这样想。

心如止水想了想，补充道："我刚才所说的惊人后果不只是我十一岁就体验到了性高潮，还包括，成年之后，除了生孩子，如果纯粹从性活动的角度来说，可能我基本上可以不需要男人。"

说完这句话，她再度停顿。

我敏锐地注意到她在暗暗扳手指头，显然是在计数。果然，她接着说："在我三十年的人生经历中，真正跟我有过性接触的男人，先后一共有四个，但是这些男人当中，只有一个男人，可以偶尔用他的力量令我达到性高潮。跟其他人在一起，我根本无法体会到性的乐趣。"

"嗯，心如止水，你觉得，你找我，是希望我给你什么样的帮助呢？其实，纯粹属于你自己个人隐私的部分，如果你不是为了要说明什么问题，你可以选择不用告诉我。"我实在想不清楚心如止水对我谈及这些极度隐秘的话题，究竟是为了什么，只好提醒她一下。我特别注意地采用了非常婉转的语气，免得她尴尬。

"是这样，何老师，我好像在QQ上告诉过你，我已经离婚三年了，还有一个四岁多的孩子。我离婚的原因是跟老公性格不合，经常发生家庭暴力，他老是动手打人，我实在忍受不了。其实离婚后追我的男人不少，但是，他们总是非常直接跟我提性的要求。有的才见面就想上床，有的顶多跟我约会个三五次，就要求上床。我实在无法接受，后来我干脆不想见那些男人。我是想找一个老公，并不是要找一个纯粹的性伙伴。何老师，难道男人都这么直接吗？不知道为什么，我常常怀疑，我自己，是不是对和男人发生性关系有心理障碍？"

"男人和女人的性心理确实有差异。男人一般说来更为直接，因为对男人来说，传播基因给下一代是他们生物属性上的使命，但也不是所有的男人都是如此。而女人，从社会遗传学的角度来说，女人为了保证自己生育出来的后代是健康的、而且能够存活，对男人会有所选择，往往要选择一个健康而且有能力抚养孩子的伴侣。所以，女人对性的态度会慎重得多。不过，也有例外，也有不少女人是直奔性主题的。你坚持自己的原则，不想轻易跟男人有性的关联，这应该不算什么心理障碍。而且，你之前不是说，你先后跟好几个男人有过性的接触吗？这就更说明你应该不是有什么心理障碍。"

"那我就放心了，我一直以为自己有心理障碍。"

"心理障碍这个词，看你自己怎么理解，事实上，就你的情况来说，如果你只是对跟男性发生性行为有轻度的排斥感，只要并不影响你的生活，就没什么大的妨碍。至于你坚持不要轻易上床，这更是你自己选择的一种态度，不是什么心理障碍。"

她的两只手绞握在一起，一副欲言又止的样子，我微笑地、鼓励地望着她。

她终于鼓起勇气说："何老师，我还想问一件事。其实我自己也经常在网上或者在书上阅读跟性有关的问题，有的文章说，一个女人能否获得性高潮，跟男人生殖器官的大小无关，你觉得是这样吗？"

我感觉，这才是她真正想问的问题。我觉得她找我做心理咨询，做那么多铺垫，把自己生命早期的隐私和盘托出，可能就是为了得到这个问题的答案。

"嗯，怎么说呢？我个人的观点，不能说女人能否获得性高潮跟男人的大小完全无关，但，也不是越大越好。事实上，男女两个人在一起，存在一个是否匹配的问题。他们的志趣、思维、生活习惯，甚至他们的生殖器官，都有一个双方是否匹配的问题。所以，事实上，我觉得如果男女之间真的准备结婚，是可以考虑先试一试彼此是否合适，方方面面是否互相匹配。"我想了想，又补充一句道，"一位俄罗斯女诗人茨维塔耶娃说过这样一句话：'心，比性器官更像性器官。'这句话的意思是说，其实两个人的内心是否彼此欣赏和接纳，是决定性生活是否和谐的主要原因。"

心如止水长长地舒了口气，说："何老师，谢谢你，我觉得我心里的结总算打开了。事实上，现在有三个男人同时在追我，都想引诱我上床，却又不谈婚姻的事。我本来是死活不愿意跟他们上床的，现在看来，我至少可以选择一个真正有诚意的男人试一试，进行全方位的试验。当然，先要看我和这个人是否心灵相通。"

我赞成地点点头。

送走心如止水，我一下子倒在弗洛伊德榻上，一动都不想动。这些天连轴转，真是很辛苦。

这么辛苦，是真的需要休息。不然，不职业衰竭才怪。

何况我从来就不是个工作狂。

梅玲进来，笑着对我说："梦瑶，你现在来访者越来越多了，好事。"她比我大几岁，今年刚好四十，从事心理咨询的时间也比我长得多，是名副其实的前辈，我有什么难题经常向她请教。

"也不见得有多好，累死人。"我叹口气。

"累倒是真的。可人活着，谁不累呢？对了，过两天我们去紫薇山庄休闲一阵，怎么样？"

我眼睛亮了。是的，好主意，我怎么没想到这一招呢？

紫薇山庄就在长沙市郊，是一家五星级的休闲会所，到那里去休息一段时间，一定会非常惬意。

我兴奋地说："我们明天就去！"

梅玲二话不说，马上出去打电话，预订房间。

我长长叹息一声，决定下午去做个美容护理，先给自己一个小小的放松。

至于晚上见唐艺馨，到时候吃吃饭、聊聊天，倒不是一件需要太动脑筋的事。

不过，也许这次她会给我出难题。

直觉告诉我，她一定是遇到麻烦了，而且可能还是不小的麻烦。

Chapter 13

下辈子绝不当美女

　　一眼看到唐艺馨，我心里马上有些发慌，因为在我面前，她从来没有表现得那么悲伤过。这个女孩子脸上的泪痕和水肿的眼睛告诉我，她刚刚哭过。在我印象中，唐艺馨一直是个开朗活跃的女孩子，我从来没有看她哭泣过。

　　她坐在我们常去的一家中西餐厅的卡座里，拉上了纱帘。这位美女不能待在大厅，因为如果那样做，过不了几分钟，必定会引起围观——成为公众人物是一件需要付出代价的事。

　　我在她面前坐下，本来想开个玩笑活跃一下气氛，但我还没开口，又看见有新的泪水从她眼里涌出来。她的悲伤那么重，压得我找不出什么话来，我只好轻叹一声，默默地望着她，等她自己开口。

　　"梦瑶姐，我遇到大麻烦了。"她终于哽咽着出了声。

　　我不作声，只是伸手把她额前一绺散乱的头发别到她的耳后去，顺手摸了摸她的头，用这种肢体语言鼓励她继续说下去。

"我，我怀孕了！"

果然是有事。

女人意外怀孕，如果并没有打算或者没有条件生下孩子，确实是一件让人烦恼的事情。但是，怀孕这件事本身，应该还不足以使唐艺馨如此无助。究竟是什么人让她怀孕的，这才是问题的根源。

可我什么也不能问，如果她愿意说，自然会告诉我。

我决定继续保持沉默。

"是一个身份很特殊的人，在一个非常特别的情况下，让我怀孕的。"

我喝一口水，静静听她说，什么也不问。

"梦瑶姐，请你原谅，连你，我都不能告诉你，那个人是谁。二十多天前，我过生日，我的同事们吵着要我请客去唱歌。其实我自己对生日根本不重视，我也没打算要如何来庆祝，不知道是哪个人把我的生日记得那么清楚。当时已经很晚了，我们栏目制片人王弘毅还是给那个人打电话，请他也过来。那时候，台里已经有传言说我和那个人关系特殊，其实根本没那么回事。我知道那个人喜欢我，我也非常尊敬他，但是，我和他之间是很清白的，私底下从来没有单独在一起待过。说白了，我们不过是彼此欣赏。

"那个人听说是我的生日，真的过来了。随后花店的小男生送来了九百九十九朵百合花，不用说，是他订的。那天晚上，整个KTV包房里都是花朵，散发着百合花的清香。大家都疯了，又是喝酒又是疯唱，反正是又叫又闹。制片人提议要我和那个人对唱一首，我没有推辞。他们恶搞，故意点了《夫妻双双把家还》，让我和那个人唱。像这种逢场作戏的事，其实没什么，于是我大大方方地和那个人唱了起来。

"就在这个时候，有个女人进了包厢，整个包厢突然安静下来。而当时正好轮到我唱，我这个人，做什么事都很投入，也就没太在意身边突然起了什么变化，我继续唱自己的歌。没想到，那个女人突然冲到我面前，狠狠给了我两个耳光。你看，现在二十多天过去了，如果不化妆，我的脸上还有痕迹。前两次我上节目都故意化了特别浓的妆，轻易不会被人发现。

"当时现场大乱，那个人赶紧起身把那个女人拉到包厢外。我这才知道，这个打我的女人居然是那个人的太太。她的太太听到传闻，今天是特意跟踪他，来抓现场的。

"那个女人下手很重，我又毫无防备，一下子觉得我的脸火辣辣地疼。我委屈得要命，忍不住掉眼泪，同事们纷纷来劝我。十几分钟后，那个人回来了。我不知道他是用什么办法劝走他太太的，他过来跟我道歉，说对不起我，让我受委屈了。我突然觉得我不能白受这种委屈，我要报复那个女人。

"当时气氛有些尴尬，同事们纷纷找借口走了。最后，连我们的制片人都走了，只留下我和那个人在包厢里。他一个劲地跟我道歉，我觉得事实上我和他都没有错，错的只是他的太太。

"后来他提议我们换一个环境说话，我想都不想就答应了。换作平常，我会很警惕，也会很机灵，肯定就找个借口回家了。那天我之所以答应，一方面，我的心都快碎了，需要人安慰；另一方面，我觉得，可能潜意识里，我是想报复一下他太太。她不是认为我和她的先生有什么吗？我们就真的做点儿什么，看她能怎么样！

"那家 KTV 旁边就有一家五星级宾馆。他打电话定了一个豪华套间，我和他就一起过去了。那天我喝了不少酒，又莫名其妙挨了两个耳光，整个人都是晕的。我什么也不说，只是跟着他走。后面的事情，我就不用说了。本来就互相吸引的一对男女，在豪华整洁而且非常私密的环境里，会发生什么事情，不用说，你也想得到。"

我当然能想到。不只是她说的"本来就互相吸引的一对男女、豪华整洁的环境"，事实上，还要加上"刚刚发生过的一起应激事件"。

应激事件有很多种，既包括天灾人祸，也包括像唐艺馨莫名其妙挨打这种异乎寻常的精神刺激。应激事件发生之后，人的心理会特别脆弱，需要安慰。可想而知，在当时的情景下，他们之间互相安慰的方式就是一场热烈的性爱。

唐艺馨所说的"那个人"，根据她的描述，我猜测，应该是一位领导。可能至少是电视台台长级别的人物，或者是文化宣传方面的政府主管领导。她既然刻意不告诉我，我也就没必要自作聪明地把话说穿。

"我没想到我会这么倒霉，就那么一次，居然就怀孕了。"她说完这句话，又有新的泪水涌了出来。

我拿出餐巾纸，沉默地给她擦眼泪。

唐艺馨怀孕的事，是否已经告诉那个人了呢？

唐艺馨成为电视台美女主播的经历颇具戏剧性和偶然性。

五年前的某一天，刚自大学毕业进入某事业单位工作的唐艺馨在电视台附近吃饭，想起她的一位在电视台当编导的朋友，于是打电话问候他。

她的朋友邀请她去办公室坐一坐，唐艺馨也就没客气，真去了。因为她从来没去过电视台，所以想进去看看。没想到这一去，她的命运轨迹就彻底改变了。

她进朋友办公室的时候，他们正在讨论一档新上的新闻栏目的定位，边吃盒饭边在开会。那位栏目制片人王弘毅一看到唐艺馨，眼睛就没离开过她。他觉得，他要的主持人就是唐艺馨这种样子，于是强烈要求她试试镜。

唐艺馨是个特别出众的女孩子，在学校读书的时候，有什么大型文艺会演，一般都是她主持。而且，幸运的是，唐艺馨还特别上镜。

美女分两种，有一种在现实生活中一看，让人惊艳，而到了镜头前，不是因为信心不足，就是因为脸盘太大而显得相貌平平；还有一种，仿佛是为了镜头而生，往镜头前一站，她的美丽和神采似乎就放大了千百倍。

唐艺馨从此成了电视台的一块招牌，她先后担任过新闻主播、文艺节目主持人，王弘毅创办《婚姻评审台》的时候，又把唐艺馨挖了过去。

和唐艺馨交往这么多年，她的故事我了然于胸。

"艺馨，你什么时候知道自己怀孕的？"前些天录节目，我都没发现她有什么异样，她知道自己怀孕应该是这两天的事。

"昨天。我发现大姨妈迟迟没来，于是买了试纸测试，呈阳性。我慌了，到医院去检查，确定是怀孕了。"

"那个人知道这件事了吗？"

"我还没告诉他。其实，我跟他在一起，就只有那一次。那一次之后，他给我发短信，我一般都不回；给我打电话，我才接。说实话，我还是有点儿想回避他。他是个有身份、有地位的人，传出绯闻来也不好。而他自己似乎也有顾虑：一方面，他是想念我的；另一方面，他老婆管他管得很紧，而且他自己也忙，所以自从那天晚上我们在一起之后，我们还没单独见过面。"

我望着唐艺馨出神。她穿着一件蓝色低胸的无袖连衣裙，非常简洁的设计，穿在她身上却美得要命。她的胸部轮廓很好看，有一道非常诱人的乳沟。近年来，流行这种低胸装，漂亮大胆的女孩子都敢把自己的胸部露一部分出来。

"梦瑶姐，你觉得我该不该把这件事告诉他？"

说实话，在我心目中，唐艺馨一直像天上的仙女，美得惊人，也圣洁得惊人。虽然我也听到过无数传言，什么许多富商包她过夜，一晚上就十万元；什么她是某某领导的头号情人。这些绯闻，怎么说呢，大部分都是子虚乌有。当然，可能极个别情况下，唐艺馨或者身不由己，或者意乱情迷，估计可能是有一两桩风流韵事的——她曾经欲露还藏地、委婉地跟我提到过，但说得并不明确。我相信她的偶尔放纵肯定不是常态。唐艺馨每次听到那些传言，只会笑一笑，然后说："如果能够选择，下辈子，我决不当美女。"

我了解唐艺馨，她其实是个非常简单、非常传统的女孩子，也很低调，一些应酬，她总是能推就推。当然，她的感情生活还是很丰富的。我知道她有段时间和中央电视台一位知名记者在谈恋爱，但是后来，毕竟两人两地分居，于是理性地终止了往来。最近，我知道她对一位名校的博士生导师很有兴趣，但是，那个人致力于钻研学问，对于她名声在外很有顾虑。她曾经非常苦恼地问过我，是不是一个明星就一定要嫁给大款或者显贵？事实上，确实有好几个富二代以及官二代在追求她，但是她看不上，她觉得那几个人的思想太浅薄了。她是一个对男人的精神世界有很高要求的女人。

但是我真是没想到，唐艺馨在一时激愤之下，居然犯了这样一个低级错误。她这样做，没有报复任何人，自己反倒成了受害者。

女人啊！

"艺馨，说实话，你确实需要想清楚，包括你要不要告诉他，包括你怎么对待你肚子里的孩子。"

"梦瑶姐，我现在分寸大乱，想不清楚。"

"如果我是以心理咨询师的身份出现在你面前，我不会给你任何建议，只是引导你自己去思考。不过，如果作为你的朋友，我倒是可以给你一句忠告。"

"我需要忠告，我现在已经无法思考。"

天！我太不习惯给别人忠告了，但是像这种情况，我不能置之不理。

"你怀孕了，这不是你一个人的事，你可以选择告诉那个人，当然你也可以选择什么都你一个人扛着。我唯一的忠告就是，你必须冷静，然后做出对自己最为有利的选择和决定。关于要不要告诉那个人，你自己是怎么想的？"

"我，我是想告诉他，可是我觉得自己羞于启齿。这种事，天哪！我真不知道该怎么说。"

"但是你必须要面对现实。"

"那我还是给他打个电话吧！"

唐艺馨当着我的面，拿出手机，她对着电话说："你方便说话吗？哦，刚散会？是这样，有件事，我不得不告诉你，我，我怀孕了。"

我猜想，那个男人的第一反应，极有可能是："你怀孕了，孩子真是我的吗？"这是一个女人最大的悲哀。

唐艺馨继续说："是的，我也没想到，会这么巧。"

然后是一阵沉默。

过了一阵，对方开始说话了，唐艺馨回应说："我自己的想法？我自己目前没什么想法。你的想法呢？尊重我的意见？好吧，明天我们见个面吧！"

是的，这样的事，唐艺馨只能自己去面对，只能他们两个人去面对。

我决定不能让自己搅在其中，我能做的实在是太有限了，于是我说："艺馨，真是抱歉，这件事我帮不了你的忙。你必须自己去面对，你最好也别让那个人知道你把情况告诉了我，他会很敏感。"

她叹口气说："谢谢你，梦瑶姐。你要记得啊，这件事，这世界上只有我们三个人知道，请一定替我保密。我不会在那个人面前提到你。今天你能陪着我，听我诉诉苦，而且让我鼓起勇气给他打电话，已经是给了我很大的帮助。放心好了，我一定会处理好这件事的。"

回家的路上，我的心已经从这些烦琐的事情里挣脱了出来。

我期待明天和梅玲一起去紫薇山庄度假。

对我而言，每一次休整，不只是身体获得休息，我自己的心灵，总会在这样的闲暇中，对生命中的种种现象获得新的领悟。

我期待一些神秘的、美好的灵感火花找到我，让我的灵魂得到升华。

况且，每一次时空的转换，往往可能给人带来一些意料之外的事情。

Chapter 14

爱与空

紫薇花正开得火热。

我不知道是因为此地多有紫薇，因而命名"紫薇山庄"；还是因为有了"紫薇山庄"这个名称，所以此地多种紫薇。

这不重要。

午休时间，我小睡二十分钟即醒了过来，躺在床上看着窗外一簇簇火焰般在风中招摇的紫薇花，想起白居易的诗句："独坐黄昏谁是伴，紫薇花对紫薇郎。"

这样的诗句简直是神来之笔，既通俗易懂，又寓意深沉，而且非常巧妙，让人过目不忘。

白居易活着的时候，知道自己随口咏出来的诗行，会在千百年后仍然被人喜欢吗？

多么孤独而充满禅意的诗句，我不知道诗人写下这首诗时究竟是一种什么样的心情，是平和宁静，就事论事地展示自己独对紫薇的孤独；还是对着丛丛紫薇，独自惆怅地思念远方的某个人？就像此刻的我一样?

我承认此刻,我在思念林云漠。林云漠已经去了澳大利亚,临行前跟我通过电话,然后再也没有联系过我。

我忍不住给他发了一条短信:"分享白居易的诗句:独坐黄昏谁是伴,紫薇花对紫薇郎。在紫薇山庄休闲,想念某个人。"

二十分钟过去了,居然没有回音。为什么?他很忙?还是他的手机根本收不到我的消息?我非常后悔给他发了短信,因为我很不喜欢发出短信却没有回音,我很容易把对方不及时回信的行为解读为:这个人不在意我。

事实通常也确实如此,回短信不一定表示在意某个人;可是不回短信一般可以理解为不在意。当然,如果有什么特殊情况,那是例外。

时间一点点过去,因为得不到林云漠的回应,我的心慢慢痛楚起来。

这痛楚是什么?为什么他不回我的短信,我就要痛苦呢?我那么在意他是不是很看重他吗?他看不看重我是他的事,我自己看重自己,知道自己是有价值的,是值得爱的,不就行了吗?有什么好心痛的?

一连串问句之后,我好受了一些。

梅玲翻了翻身,打了个呵欠,也醒了过来。

"梅姐,你现在还渴望爱情吗?你还总是希望在这世上有个人可以跟自己非常相爱吗?"

梅玲干脆坐起来回答我的问题:"我觉得如果一个人总是渴望爱情,他其实是在希望被爱。在我看来,去爱一个人,说明这个人内心非常强大,有能力付出;而总希望被爱,恰恰说明这个人的内心是脆弱的。"

她是对的。我承认我的内心依然脆弱，我承认我渴望的更多的是被爱。可是，如果一个人内心对爱已经没有渴望，对于任何事情都能随遇而安、顺其自然、随时清空自己，就一定是好的吗？如果世界上的人都是这样，不需要强烈的爱和恨，每天平静淡然地过日子，生活不就太不精彩了吗？那我们人类，跟花草树木、飞鸟虫鱼相比，究竟还有多大的区别？

我喜欢激烈地爱和被爱，我喜欢情绪是起伏的。要爱就爱他个轰轰烈烈，哪怕觉得痛苦，也是值得的，这是代价。直到老得爱不动了，再让自己的心平息下来。

这么想着，我的心不再觉得痛。当我认为这痛楚值得的时候，它反倒不痛了。

在这个过程中，我领悟到一个道理：跟任何人在一起，都是暂时的；只有跟自己在一起，才是永远的。

梅玲下了床，建议我们去户外走走。

她说："我们花几千块钱出来放松，就要好好享受一下。出去呼吸这里的新鲜空气，去看看风景，然后再品尝美食。要是老躺在床上睡觉，那还不如待在家里。"

紫薇山庄依山傍水，端的是块福地。

一群年轻的外国人走过来，跟我们搭讪。我的英语还不错，也乐意跟他们练练口语。

这是一群英国人，其中一个家伙对我说："我知道打听一位女士的年龄是不礼貌的，不过，我真的很好奇，你有二十五岁了吗？"

我哈哈笑着说："差不多，差不多。"

看上去比实际年龄年轻十岁，这应该是女士们梦寐以求的好事吧？因为东方女性皮肤比较细腻，确实不容易显老。

他再看看我的手，接着问："你结婚了吗？"

我点点头。

他说："那你是一个坏女人，你手上没戴戒指。"

"坏女人"这个词，他说的是"bad lady"，这辈子第一次被人当面称为"坏女人"，真的是太好笑了。我忍不住开怀大笑，说："你说得太好了。偶尔做做坏女人，是一种冒险，也是一种乐趣。"

婚戒我当然有，不过，确实没养成戴戒指的习惯，我们东方文化没有如此细致的要求。

那个老外知道我是开玩笑的，于是调皮地给我竖了个大拇指。

正说说笑笑时，我突然发现一只非常特别的蜥蜴一晃而过，没入了路边的草丛。

其实平常我很讨厌蜥蜴这种东西，可是这只蜥蜴实在是太特别了，只扫了一眼，我就看清楚它很细小，只有一根手指头那么长，它的背部铺着金色和黑色相间的竖条纹；尾巴是孔雀蓝色的，还闪闪发光。太可爱了！我迷信地想，也许它是命运的一只小宠物，此刻在这里现身，是要给我带来好运的。看看，连心理咨询师，偶尔也会迷信，也会臣服于那些我们所不了解的东西。

命运，好运，我不知道命运究竟给我安排了些什么？这辈子，我将给这世界留下些什么？

　　此刻，我想起那些找我做过咨询的人，我真的给了他们有用的帮助吗？我真的在帮助他们的命运向更好的方向转化吗？

　　其实我真正能够接触到的人是非常有限的，怎么样才能跟更多的人分享我的感受和成长呢？怎么样才能给更多的人带来帮助呢？

　　我突然决定我要更用心地写文章，我知道自己的文章写得不错。我希望让更多人看到跟爱、生命与自由有关的新的思考和感悟。

　　我决定要成为一个真正的作家，就像美国的欧文·亚隆或者中国的毕淑敏那样，写大量的心理小说，用文学作品来创造自己向往的世界——或许这就是我此次在紫薇山庄的最大收获。

　　林云漠终于回了我的短信，只有短短几个字：祝开心。

　　等林云漠回来，我要跟他分享我的感受。

　　我应该对他有信心，对我们约定的完美关系有信心。

Chapter 15

郑先生：爱的底线

在紫薇山庄过了几天与网络以及来访者隔绝的日子。

我只接到过一个电话预约，是亿万富翁宋元清委托我给他的儿子做心理咨询。他的儿子宋威在牢房里关了好几个月，终于出来了，宋元清不希望他留下什么心理阴影。说好让我以他的朋友的身份跟宋威聊一聊，咨询费到时候他亲自付给我。

"我是不是成了一个没有底线的人？难道我真的能够接受老婆肚子里别人的孩子吗？何老师，这两天您什么时候有空？我还是想跟您再讨论一次。"

回到家里一登上QQ，我就看到了郑先生的这段留言。

我和郑先生互为QQ好友，第一次找我咨询之后的几天里，我经常看到他在线，但是他很懂得人与人之间的界限，从来不打扰我。我在QQ上主动回访过他一次，问他咨询之后感觉怎么样。

他说："说实话，何老师，见了你之后，我更加痛苦了，因为我意识到很可能我老婆不爱我，而我又似乎不能放下她。"

我说："这很正常，一个人成长以及面对真相，都需要勇气。心理咨询师的使命是要帮助你，让你不断成长，而不只是让你减少痛苦。有时候，痛苦是必经的程序。"

再过几天，我在QQ上的时候，他总是不在线。我明白，他这是开始回避我。

我不介意。心理咨询的原则是，来者不拒，去者不追。他自己有权利选择来还是去。

现在，郑先生决定再来咨询。

我们依然是约在茶馆见面。上次，收了他的咨询费之后，我打算喝茶的费用AA制，但是他很绅士地坚持由他来埋单。我决定这一次由我来买。

他看起来比上一次瘦了一些，但精神还不错，并不显得憔悴。

"这段时间我做了一些事情来分散自己的注意力。首先是疯狂地工作，故意让自己很忙，忙得连应酬的时间都没有，这样就可以忘掉许多烦恼。然后，我出去旅游了一趟。我以为旅游可以改善自己的心情，结果，这一招不怎么奏效。面对再美好的风景，我的心情都是惆怅的。总像有人把我的心抓在手里肆意摆弄，让我常常觉得痛苦。

"旅游回来，偶尔有空跟朋友们在一起的时候，我就会把自己的事情假装说成是在网上看到的新闻，跟朋友们讨论他们会怎么做。结果，不管是男人还是女人，十个里面有九个说最好离婚。他们说，再爱一个人，都有底线，如果连孩子都不是自己的，那这样的婚姻还有什么意义？所以我就想，难道我是一个根本没有底线的男人吗？为什么我还在努力维持我和妻子的感情？究竟是什么让我放不下她？"

他深深地叹息，开始大口喝茶。

"你觉得你对她是一种什么样的感情？"

"我现在自己也说不清楚了。是爱吗？当然，我爱过她，可是发生这件事情之后，说实话，很多时候，我也会恨她。我甚至希望她意外流产，极少数时候，我甚至在想，我是不是可以想办法让她堕胎。我承认，这些想法非常邪恶，但那只是闪念而已。我还是希望她能够开心，希望她做出自己真正想要的决定。"

"郑先生，很多时候，恨是爱的另一种表现，爱之深，才会恨之切。你有这些想法很正常，但一定要控制好自己，别真的做出任何可能给彼此带来伤害的行动。"

他点点头，接着分析自己的感情："如果说我对她的爱的感觉已经打了一些折扣，那么，我是不是在同情她呢？她表面上看起来很强势，但事实上，她也有脆弱的一面。有一次半夜里，我失眠了，没有睡意，发现她在哭，于是我就叫她，结果，她是在做梦。一个做梦都在哭泣的女人，能够强势到哪里去？说实话，那一刻，我对她充满了怜悯。"

"不管怎么说，郑先生，你确实是真正在关心她。"

"这一点我承认，我确实是发自内心关心她的。可是，我觉得我越来越不了解自己。为什么我对她的宽容会到这种地步？我是真的那么爱她吗？难道说，爱一个人，竟然可以没有底线？说实话，何老师，我希望你能用心理学的专业方法，帮我找到真正的自己，让我弄清楚自己到底是怎么想的，究竟想去怎么做。我想知道这件事，我的底线是什么。"

　　我拿出一张白纸对折一下，然后递给郑先生，让他在两边分别写下对于他老婆可能怀了别人孩子这件事，他有哪些担忧，有哪些希望，至少要各写五条。

　　郑先生皱着眉头对着白纸思索了一阵，慢慢开始写。

担忧的事情：

双方父母知道，会很伤心，别人知道会嘲笑我；

她故意跟我结婚，只是为了方便生下孩子，她其实并不爱我；

我真的跟她离婚，却一辈子再也找不到幸福；

她肚子里的孩子是我的，我却和她离婚了；

我离开她，她被众人唾弃，直不起腰，我很愧疚。

希望的情况：

她流产，我们重新开始；

她生下孩子，除了我和她，谁都不知道这件事，然后我们再生一个属于我和她的孩子；

我不在意这件事，仍然很爱她，她从此真心爱我；

我彻底忘记这件事；

我和她离婚，找到一个条件比她还要好的女孩子。

　　他写得很慢，基本上是一个词一个词往纸上堆放。写完以后，郑先生把纸递给我。

　　我看看他写的内容，然后问他："怎么样？你觉得对自己更了解一些了吗？思路是不是清晰了一些？"

他点点头："是的。我发觉自己的一些想法其实很矛盾。不过，真遇到这种事，不矛盾才怪。我有时候问自己，之所以不愿意离开她，除了因为对她有感情，是不是还因为自己的虚荣心作怪？是不是觉得她曾在海外留学，那么优秀，有个这样的老婆自己很有面子？是不是因为她的家庭条件比较好，所以我不愿意放弃？我觉得这些想法，我都有。"

我说："有这些想法也很正常。毕竟每个人都是生理自我、心理自我和社会自我的总和，都生活在这个社会中，都希望自己的处境更好。我们都在希望得到无条件的爱，事实上，根本没有无条件的爱，所有的爱都是有条件的，甚至包括父母对子女的爱。按道理说，这种爱应该最能够做到无条件，事实上，连这样的爱也是有条件的。父母会要求孩子听话、努力学习等。所以你对自己可能是爱上她什么条件不必觉得内疚，她就是她自己和所有条件的总和。你现在可以回顾一下，你们相处的这半个月，发生了什么让你觉得比较开心和比较不开心的事？"

他想了想，说："开心的事情是，有一个周末，她心情很好，说是要给我做一次大餐。她做了好几道菜，可谓中西结合，有牛排、炒苦瓜，味道非常好。要知道，她在我面前，平常是从不下厨的。

"不开心的事情是，有一次她邀请我和她的几个朋友一起去看电影。那天堵车堵得很厉害，结果我迟到了。她买好了票，和朋友一起等我，后来一看我迟到，她很生气，就把手机关了。我进电影院找到她们，结果她当场不给我面子，生气地要我出去，别和她们一起看。那天我也很生气，于是真的走了。但是后来，我们又和好了。"

"怎么和好的？"

"我订了一束花送到她办公室，里面写了一张纸条，说：'对不起，那天我不是故意迟到，以后不会这样了。'然后她就原谅我了。"

"你自己觉得这半个月，你们的生活正常吗？"

"应该说还比较正常。有时候，我觉得，也许发生这件事情，不完全算坏事，至少它考验了我和她之间的感情。它让我明白，其实我们这份感情是非常重要的，我非常珍惜，甚至依赖我们之间的关系。但是，偶尔有时候，我还是会觉得很痛苦。"

"你的痛苦究竟是什么？"

"应该是我害怕失去她，也怕别人知道真相后会笑话我。我的痛苦也就是刚才写的那五点担忧。反正，一觉得痛苦，我就会胡思乱想，我有时候甚至想，她既然怀的是别人的孩子，我是不是也可以去另外找一个女人，让她怀上我的孩子？很疯狂的想法。"

"你现在总结一下，你觉得你真的爱她吗？你真的不愿意离开她吗？"

"我应该是爱她的，但这有条件，我要她也同样愿意陪伴我一辈子，她对我也是真心真意的。"

"你无法控制别人，如果能够如你所愿，她愿意陪你一辈子当然好，可是如果她不愿意，你是没办法的。你只能管你自己。不管她怎么对你，你都愿意好好陪她吗？"

"是这样吧，但我无法确定，我不知道我自己决心有多大。"

"不要逼自己，慢慢陪伴自己，你做出什么样的决定，就接受自己的决定。爱一个人，怎么说呢，有时候可能无所谓底线。就算有，这底线也是因人而异。你现在爱这个女人，哪怕她怀了别人的孩子，你仍然不想放弃她，这是你自己的决定，如此而已。不要拿自己跟别人去作比较，你就是你，是这世上独一无二的一个人。你遵从自己内心的决定。"

他松一口气，眉头舒展开来。

Chapter 16

一个富二代的致命缺失

富二代宋威的神情特别复杂。

一方面，愤世嫉俗和惊惶的表情写在他眼神里，应该这是几个月牢狱生活的阴影；另一方面，他颇有些自得和满不在乎的神气，这显然是长年累月拥有优越感造成的结果。他长得和宋元清极像，也是清秀端庄、讨人喜欢的样子。这是我和他在茶馆刚见面时对视片刻得到的印象。

他表现得很有礼貌，对我说："何阿姨，你好。"然后让我点茶。

我淡淡回应："小宋你好，很高兴见到你。"

和他交流，我本来不打算亮明我的心理咨询师身份。因为宋元清有交代，我是以他一个朋友的身份和宋威聊聊，对他进行开导。宋元清之所以刻意不让我透露自己的身份，应该是怕宋威有顾虑。毕竟在内地，接受心理咨询的人群还不多，对心理咨询的误解依然存在——以为只有心理有问题，甚至有精神病的人才接受心理咨询。

可是当我面对宋威的时候，这才发现如果不说清楚我是心理咨询师或者类似身份，我似乎无法进入我们的谈话。

他坐在我面前不停地用手机发短信，脸上有神经质的笑容。

平常面对我的来访者，我很少主动开口，但是对他不一样，因为他不是主动来求助，只是听从他父亲的安排来见我。

"小宋，你父亲可能没告诉你，我究竟是干什么的吧？"

宋威这才从他的手机上抬起头来，说："我爸爸说你是他的一个好朋友，见过很多世面，要我跟你聊聊天。"

我笑笑说："我确实是你父亲的一位朋友，但我也是一名心理咨询师。你父亲要你见我，是希望我能用心理学的专业方法来安慰你。听说你刚刚受到过许多不公平待遇。"

宋威的表情变得阴郁，他说："这几个月的经历，我自己都觉得像是一场噩梦。打一个比方，就像一个在天堂里待惯了的人，放到地狱去了。我相信没有人能够用语言说得清这种感受。"

我点点头，示意他继续说下去。

"这段时间我变化很大，首先是肠胃功能严重受损，动不动就上吐下泻；然后，我现在变得既怕光又怕黑。怕光，是眼睛怕光，因为在那里被长时间用光照过；怕黑，是心理上怕，因为天一黑，那些关在一起的犯人就会来侵犯我。挨打简直是家常便饭。这段经历，实在是太可怕了。我在监狱里，每天都在诅咒童欢，现在出来了，我恨不得找一帮人去轮奸她！那个臭婊子！"愤怒和仇恨非常分明地写在他脸上，激愤之下，这个看起来文质彬彬的青年口不择言。

我知道童欢就是那个公安局长的女儿，一名女警。她曾经和宋威谈恋爱，后来宋威要和她分手，她心生怨恨，设法把宋威送进监狱，还拿着盖了公章的"协助执行通知书"，亲自去冻结了宋元清私人账户上的几百万元银行存款。宋元清多方活动之后，现在，宋威出来了，听说宋元清的存款也已经解冻。

"我理解你的心情，对童欢可能充满仇恨，不过，如果你真做出什么违法犯罪的事，只怕到时候你父亲就救不了你了，到时候你还会回到地狱里去。你和童欢之间，究竟是怎么回事？愿意说给我听听吗？"

也许重回地狱的恐惧消解了他的仇恨，宋威的表情变得缓和了些。

"我和童欢，怎么说呢，我记得有个词用来形容一对经常怄气的情侣，叫欢喜冤家；我和她可能是前世有仇，我们是寻仇冤家。我们其实从小就认识。以前，我们很少在一起玩，后来不知道怎么回事，就一伙人玩到一起去了。而且她很喜欢我，开始追我，我没多想，就接受了她。你知道，她是个警察，他们家是警察世家，父亲是公安局长，母亲也在公安系统。童欢告诉过我，说她从小接受的就是非常残酷的魔鬼训练。比如说，她才三四岁的时候，听到高压锅的减压阀嘶嘶作响，很好奇，一直盯着看，甚至想用手去摸，这时候，别的母亲的教育方式一般是让孩子不要去碰，很危险；可是，她的母亲居然抓起她的手就去碰那个减压阀，一下子就把她的手烫伤了。后来她的母亲说，她这样做，是想让童欢记住，有些东西，不能去碰的，就千万别去碰。我不懂教育，不知道这样的教育方式好不好，反正，我觉得，这种教育的结果，把童欢变成一个又任性又冷酷的女人。"

宋威摸摸自己的额头，说："我这里有一个不太明显的疤，就是被童欢用筷子敲的。有一次我边吃饭边跟她开玩笑，说我这辈子至少要娶三个老婆，一个给我洗衣做饭，一个陪我到处去玩，还有一个陪我上床。她就生气了，抓起筷子用力敲我的脑袋，血都流出来了。当时我其实真的只是在开玩笑，没想到她会那么狠，我就觉得这个女人真是可怕。后来，我还发现她吸毒，我把这事跟我爸爸说了，我爸爸就要我下决心跟她分手。跟她分手不到一个星期，莫名其妙地，有一天我就被警察抓起来了。当然，他们还是给我强加了一个罪名，好像是吸毒。其实我只是在童欢的影响下偶尔吸吸 K 粉，如果要把我抓起来，那怎么不把她也抓起来呢？"

听了宋威的叙述，我陷入沉思。应该说，这一段爱情故事本身并没有太多特别之处，特别的应该是童欢的偏执型人格，但我的咨询对象并不是童欢。

我要从宋威的早期经历和他的人格特点去寻找线索，让他对自己看得更清楚，了解自己真正欠缺的是什么，才能更好地走下去。

"你现在跟童欢彻底分手了吗？"

"那当然分手了！她差点儿搞得我们家家破人亡的，我估计她这辈子也不好意思见我了。"

"对此你自己有什么想法？"

"她如果不对我使坏，其实我对她还是很留恋。那时候我还觉得我们分手是一种遗憾，毕竟，她大部分时间对我其实还是很好，她经常像哄小孩子一样哄着我。"

"你喜欢别人像哄小孩子一样哄着你？"

"这个，我没想过。反正，我印象最深的就是她像对孩子一样对我。"

"当你是一个孩子的时候，你觉得自己有什么遗憾吗？"

宋威想了想，摇摇头说："也没什么太多遗憾吧！小时候我们家条件很好，也不缺什么。我记得那时候我的作业都是由成绩好的同学给我做，然后我拿钱给他们，或者给他们买玩具；还有，如果谁敢欺负我，我就会出钱找来一些年纪比我大的人，给我出气，所以我们班上也没人敢欺负我。当然，那时候人小，不懂事，反正，到现在回忆起来，不觉得有太多遗憾。"

宋威的话让我有些意外。如果他只有十一二岁，说出这样一番话来，可能还情有可原。可是，他已经二十多岁了，思想还如此幼稚，让人无语。

我问："你刚才说的这些事情，让人替你做作业，花钱找人给你出气，你父母知道吗？"

"他们可能不知道。他们一天到晚忙得很，没时间管我。"

"假如他们知道，你认为他们对你这样做会有什么反应？会反对还是支持？"

"这很难说，我想，我爸爸可能会批评我两句吧！我妈妈可能会随便我怎么做。"

我再问宋威："你接受过一些什么样的正规教育？"

"就是从小学读到高中，也可以说是混到高中，然后我爸爸出钱让我去英国读书。我去了一年就回来了，不适应，学校管得好严，考试通不过，英语我也听不懂，又没有朋友跟我玩，没意思，所以就回来了。"

我此前对宋威并不了解，宋元清对宋威说得也不多。上次跟宋元清见面的时候，我问过他，回顾四十几年的人生，有些什么教训，他说他觉得最大的遗憾是忽略了对孩子的教育，没有给孩子创造一个良好的成长环境。

眼前的宋威给我的感觉，简直是个还没长大的孩子。

我试探着继续询问宋威："你对你自己的人生有什么计划？"

"我，也没什么计划。我老爸让我做什么我就做什么，反正我们家又不缺钱，几辈子都花不完。"

我忍不住叹息，宋威的自我存在感和自我价值感都比较低。这样的人，胸无大志，做一天和尚撞一天钟，也就是古代所说的纨绔子弟。好在，宋威心地还算善良，否则问题就严重了。

在宋威看来，他似乎什么也不缺，但是我却觉得，他的欠缺程度其实是非常严重的。童年的时候，他缺乏父母的爱、引导和陪伴，使得他忽略了自身的价值。一个对自身没有追求的人，他的心理发展是停滞的。

表面上看起来的什么也不缺，有时候就是最大的欠缺。

可是我把这些观点对他说出来，其实也是意义不大的，所以我干脆什么也不说。

和宋威道别，离开茶馆的时候，我发现我有严重的沮丧情绪，因为我不觉得这次咨询对宋威会有什么帮助。

心理咨询，能够做到的，有时候非常有限，它有时候也是无力的。

这时候我想起了豆豆。

迄今为止，我对豆豆的教育应该说是成功的。林超群常年在外，能够对我们这个家承担的义务非常有限，而我又不是一个特别善于处理家事的女人，因此送豆豆读寄宿，我认为是目前情形下最好的选择。

虽然他小小年纪，我就把他送到寄宿制学校，这当然可能造成一定程度的欠缺，比如说，他可能觉得爸爸妈妈陪他的时间太少了，但我已设法弥补，给他配了手机，让他每天可以给我打电话，然后，除了周末我会尽可能陪伴他以外，每个周二我还会特意去学校看看他。我尽可能在精神上让他觉得自己得到了母亲的关怀。

事实上读寄宿也有好处，可以让孩子尽早独立。不是有这样的一个说法吗？基本上所有的爱，都是以团聚为指向的，但，只有亲子之爱，是以分离为目标的。孩子只有离开父母也能健康快乐地成长，才是真正的成长。

豆豆是一个健康快乐的孩子，我确信这一点。

可是这一刻，我觉得我自己心里空空荡荡的，无所依附，甚至有很多伤悲，无缘无故想要掉眼泪。

作为一名心理咨询师，我非常敏锐地感觉到，这是轻度忧郁症的症状。假如我不是一名心理咨询师，能够随时察觉自己并自我调节，我想，我已经忧郁成疾。

也算不幸中的万幸。

林云漠就要从澳大利亚回来了。

念及他，我的泪水流了下来。

这一刻，我发现自己是那么渴望见到他，那么渴望我自己假想的爱情，更渴望假想情人实实在在的笑容和拥抱。

Chapter 17

林云漠：真爱若水

　　林云漠本来是笑吟吟地出现在包厢门口的，然而他脸上的笑容突然凝结起来，因为他一眼看到了我正在掩饰地擦去自己脸上的泪水。

　　他镇定地把手里的几样东西放在餐台上，然后上前抱住我，温柔地问："梦瑶，你怎么了？发生什么事情了吗？"

　　我把头埋在他怀里，叹息着摇摇头。我多么依恋他的怀抱！也许这样做是不对的，因为他不是我的丈夫，我不应该投入一个不是我丈夫的男人的怀抱。可是凭什么我一定要遵照社会的规定、法律的规定呢？为什么不可以遵照自己内心的愿望呢？我记得俄国伟大的诗人普希金说过一句话："你是自己的最高法官。"此刻，我就是愿意沉溺在这位假想情人的怀抱里。

　　他不说话，轻轻抚摩我的头发，然后，拍拍我的背，说："好了，梦瑶，高兴一点儿，看看，我从澳大利亚给你带来什么礼物？"

　　他拿出一条粉紫色的羊绒围巾，试着围在我脖子上，赞叹道："真漂亮，很衬你的肤色。冬天到来的时候，你一定不会觉得冷了。"

然后他又拿出一只敲鼓跳舞的树袋熊说："我买了两只这样的树袋熊，一只给我的女儿，一只给你。"

我禁不住莞尔。我知道他的女儿已经二十岁了，至于我，就更不用说了，他居然给我们买这么充满童趣的礼物。不过说实话，这只蓝色的小树袋熊是真的非常可爱，它的眼睛乌溜溜的，绒毛非常柔软，抱在怀里，让人觉得温暖。

最后他拿出一瓶葡萄酒，说："这是我特意带过来的非常好的白葡萄酒，这一瓶酒可以去换一台不错的手机，我相信它一定会带给我们一个美妙的夜晚，一份美妙的记忆。"他开玩笑地用电视上某位明星做广告的口气说，"你，值得拥有。"

我忍不住笑了起来。

服务员进来，把菜摆好，把酒瓶打开，然后出去了。

林云漠倒好两杯酒，只倒了个三分杯，端起其中的一杯递给我。我举杯跟他碰了碰，一仰脸把酒喝干了。

这酒果然好，满口醇香，跟我以前喝过的葡萄酒确实不一样。

他笑笑，也把酒喝干了。

然后我抢过酒瓶子倒酒，两个杯了都倒了六分杯，之后递给他一杯，跟他碰了碰，又是一口喝干。

林云漠笑着说："怎么，何梦瑶老师今天心情不好，想喝醉，是不是？"

我不置可否，开玩笑道："酒不醉人人自醉，这句话的意思是说，酒其实是不会醉人的，是人自己想要醉才会醉。"

他说："梦瑶，慢点儿喝，我们边喝边聊。你要是真醉了，我不知道该拿你怎么办，我不知道你喝醉酒会是什么样子。"

我叹息着说："你放心，我是那种一喝醉酒就马上往家里跑的人，我一定会在自己倒下去之前回到家里，因为家是这世界上最安全的地方。"

他收敛起脸上的笑容，认真地说："梦瑶，我想知道，刚才你为什么会哭？"

我想了想，决定告诉他。因为我们有约在先，我们之间，可以没有秘密。何况，我想要他知道，我愿意让他更加了解我。

我说："因为我突然觉得，在这个世界上，我像个没人要的孤儿，孤苦伶仃，没有人可以相爱，好绝望。很长一段时间以来，这种感觉常常会笼罩我。"

我知道对于爱情的态度，男女之间确实是有很大差别的。

举个有意思的例子吧："青青子衿，悠悠我心"是《诗经》里的一句诗，本意是用来描写一个年轻的女子思念自己的情人，意思是："你青青的衣领，让我的心悠悠牵挂。"而三国时的曹操却在《短歌行》里，引用这则典故来表达自己求贤若渴之心，只有求得贤才，才能够天下归心。

也就是说，女人重视爱情，而男人重视建功立业。其实说到底，建功立业又是为了什么？归根结底不也是为了有更多的人欣赏自己、拥戴自己、爱自己吗？只不过，寻常男人的爱比较容易有博爱倾向，而女人的爱却相对专一。

或者也可以换一个角度来说，女人是以男人攻城略地、纵横驰骋之心来经营爱情。这样惊天动地的爱，几人能够承受？

林云漠笑道："我不知道以前的你是什么样子，但是自从我们约定要做心灵盟友那天起，你就再也不应该有孤苦的感觉，我们说过要永远互相支持、互相关心。"

我狐疑地问："你真的能够做得到？也许以后我老了，你会嫌弃我。"

"当然能够做到，除非你不愿意让我这样去做，或者，除非我死了。"他想了想，叹息一声，"不过，梦瑶，对这世界上任何人、任何事，最好不要太执着。那样的话，你自己会很苦。你会患得患失，害怕失去。而事实上，有些事情，失去是不可避免的。比如说我吧，也许我可能工作调动离开这个城市，虽然我们的心一样可以互相牵挂，但很可能见面就不再这么方便；再比如说，总有一天，我会死，很可能我会死在你前面——这种可能性是非常大的，因为我本来就比你大好几岁——到时候你不是就会很痛苦吗？"

他说的这番话，作为心理咨询师，我怎么可能不知道？可是，我很清楚，当一个人真心爱上另一个人，就会退行，会暴露出自己内心最软弱的那些部分。比如我在他面前，就是如此，因为爱他，至少是爱那个假想的他，我变得无比脆弱起来。

林云漠无疑是内心强大的一个人。也许命运用这种方式，让我和他相遇，来强化我内心脆弱的那些部分。

他说："真心爱一个人，既要把这个人放在心里，又不能因为这个人而把自己都弄丢了。真爱一个人，不要太浓烈，要平淡而持久，就像水，那样才好。"

我开玩笑说："你让我想起老子那句话，上善若水。"

他却不笑，说："确实如此。套用这句话，那就是，真爱若水。"

我突然想知道，他真心爱过一些什么人。

我问："我们是不是约定过，彼此可以没有秘密？而且，我们约定不能说假话，对不对？"

他点头。

我于是问："你真心爱过几个人？"

他愣住，然后斟酌着词句说："如果我告诉你，除了你以外，我还没有爱过别的什么人，你信不信？"

这样的话，骗骗小姑娘也许有用，我忍不住这样想。我当然不信，可是看着他认真的样子，我似乎不能不信。

我问："那你的妻子呢？你没有爱过她吗？"

"我和我妻子之间的婚姻关系应该说经营得比较好，她是个细心的人，在生活上对我照顾得很周到，也曾经非常细心地照顾我们的孩子。但是，要说爱没爱过她，这要看你对爱怎么样理解，怎么判断。我和她本来是从小就认识的，但很少打招呼。十八岁那一年，有一次，我们一起参加一个活动，有个人有意识地撮合我们，说实话，我不讨厌她，于是就这样开始以朋友的身份相处，然后结婚。我们一直非常平淡。你可以自己在心里判断一下，这算不算爱情。"

"除了你的妻子，你的生命中没有出现过别的女人吗？"

对于这个问题，他有些为难，看看我，笑一笑，不说话。

我看着他的眼睛说："别忘了我们的约定，我是真的想知道呢。"

"好吧，告诉你也没关系，都是过去的事情了。我三十多岁的时候，生命里先后有过两个女人，但是，我们之间，纯粹是性的吸引，而且在一起的时间很短暂，也没什么感情的交流。"

"那我们之间呢？为什么你会认为我们之间是爱情？"

"因为你让我动心，让我做梦的时候、喝醉了酒的时候，都会想到你。说实话，在澳大利亚这段时间，我想得最多的人就是你。其实我也仔细分析了我们之间的关系，以前遇到的女人，比你年轻漂亮的，比你更有女人味的，都有。但是，也许她们出现的时机不对。以前我一直忙于事业，钻研学问，对于感情的事，一点儿都不上心。就是这一年半载，我突然也产生了一种愿望，希望跟一位异性建立深刻的、长久的关系。不一定有性，但也不是完全排斥性的吸引。就在这个时候，你恰好出现了。你看，你还是我的师妹，多么巧的事情，所以，我决定，这辈子我要和你在一起，至少我们的灵魂要互相陪伴。"

"那这一年半载，是什么让你产生这样的愿望呢？"

"可能是因为处在一种特别的人生阶段吧！你知道，人到了四十几岁，就多多少少开始怕老；再加上，这两年，事业上确实也取得了一些成绩，觉得自己可以轻松一下，不需要再那么刻苦了。"他停顿下来想了想，继续说，"这一年半载，我觉得自己成功地完成了人生的转型，我用自己的思路做了许多实事，我把我自己从事的专业和政府的管理职能很好地结合在一起，发挥了自己的作用，我的领导认为他们把我调过来，是非常明智的决定。几天前还有省领导拍着我的肩膀，说我是一个可以担当重任的人。所有这些快乐和光荣，我希望有人分享。"

林云漠望着我，眼睛里闪动着光芒，再一次拥抱我："梦瑶，我要我们的心，时刻在一起，我要你体会到我的快乐。"

我的心中涌起一阵感动，感谢命运让我在这个时候遇到他。我等待一个这样的男人，也已经等了很久。我一直渴望找到一个这样的人，他睿智、成熟，能够宠爱我，也能够引导我，我要跟他建立一种可以与生命共存的深刻关系。林超群是我生活中的伴侣，是豆豆的爸爸，可是他并不了解我；而我想要找的这个人，却是我灵魂的知音。

我和林云漠的想法，何其相似。所以我们第一次见面，彼此就觉得亲切，正因为如此，我们才能够走到一起。

想到这里，我满足地叹息了一声。

"梦瑶，我发现你常常叹气。"

"是的，我习惯这样，不高兴的时候叹气，高兴的时候也叹气。"

"希望你每天都高高兴兴的。"

"可能我心里住着一头怪兽，它要我用痛苦去喂养它，所以我老是容易觉得痛苦；也可能，我心里有巨大的坑，老是填不满，所以容易心痛。"

"心里痛，苦的是自己，你其实可以决定自己不心痛。"

"可能我有精神自虐倾向吧！"

我们沉默下来，对饮一杯。

"对了，梦瑶，跟你说个事。我去年带的一个女研究生，才二十三岁，很快就要毕业了，却患了忧郁症，还好是早期，不严重，她叫方心怡，我想让你帮她做一个长程的心理咨询。过几天就让她来找你，先做半年，她的费用由我来支付，你给我一个银行卡号，到时候我把钱打到你卡里。"

我再叹一口气，说："好吧！虽然我自己也有些忧郁症状，但是，治疗一个轻度的抑郁症患者，那是绰绰有余的。"

"那是自然，否则我也不会请你给她治疗。她是一个极有悟性的女孩子，甚至在我带过的研究生里，她的天赋都是相当惊人的，你很快就会发现这一点。"

听着他的述说，我突然起了疑心。林云漠为什么要给他以前的研究生付心理咨询费？难道说，他和这个研究生有什么特殊关系？我甚至大胆地猜想，会不会，这个方心怡，其实是林云漠的情人？

这个念头让我心头一震，我暗暗责备自己不该这样胡思乱想。可是，我真是这么想的，我无法控制自己突然跳出来的思维。

真想尽快看看这个方心怡，是什么样子。

林云漠把瓶子里剩下的酒倒出来，举起杯子跟我说："方心怡虽然有轻度忧郁症，但她确实是个非常不错、非常有悟性的学生，成绩优异，你可以考虑在她面前尽可能开放自己，跟她形成互动，这样对你应该也有帮助。"

我和林云漠都知道心理咨询师其实也可以从来访者那里学习。他的话已经很明显，他认为我可以因为治疗方心怡，同时也疗愈自己。他一定在心里为自己这个计划大声叫好吧？

方心怡，这个方心怡，还没见到她，我已经有些醋意。如果她真是林云漠的情人，凭我的敏锐和直觉，不可能判断不出来。

林云漠，难道不过是千千万万俗气男人中的一个，只对女孩子的青春美貌情有独钟？

云漠，云漠，你千万不能欺骗我。

Chapter 18

杨洋：重建爱的能力

　　杨洋居然迟到了。

　　我看看墙上的挂钟，已经十点整，他居然还没有露面。

　　他的这番表现和前几次心理咨询形成了鲜明对比。前几次，他总是提前半个小时左右到心理咨询工作室等我，至于说有那么几天，出现移情的时候，他没有预约也在咨询室守着我，想要见到我的迫切之心，那就更不用说了。

　　可是现在，他居然迟到了，这里面是否会有什么特别的原因？

　　不管有什么原因，迟到本身，是一个值得解读的信号，说明他有某种逃避倾向，他在逃避什么？

　　十点二十分，杨洋总算来了。

　　在我身边坐下的时候，他的目光有些躲闪。

　　既然如此，我决定不问他迟到的原因。我什么也不说，闲闲地整理手头的资料，只偶尔望他一眼，等他自己先开口。

"梦瑶老师，不好意思，我今天睡过头了，所以迟到了。"杨洋终于嗫嚅着说。

"哦，没关系。我想知道，你是不是经常睡过头呢？"

"不是。我平常虽然喜欢睡懒觉，但是如果我明确第二天要去做一件什么事，总能按时起床，我的生物钟很准。"

"那这一次，你觉得自己为什么会睡过头？"

"昨天晚上，我一直在思考我和许菲这段感情，分析自己究竟做错了什么；也在想今天要跟你说些什么，所以很晚才睡着，结果就睡过头了。"

我点点头，对他的解释表示理解。

"我以前告诉过你，是许菲抛弃了我，应该说，这个说法是很片面的，也是对许菲不公平的。她其实是个非常善良的女孩子，如果不是因为对我忍无可忍，也许她不会离开我。"

我期待的时刻来了。这个时候，杨洋才会真正对我敞开心扉，说出真心话。我欣慰地微笑，鼓励他继续说下去。

"梦瑶老师，我忘了告诉你一个细节，其实我和许菲真正确立恋爱关系，是从一件小事开始的。我们是在一个聚会上认识的，认识之后，我们有四五个人比较投缘，大家就经常聚在一起吃饭喝酒。平常我不跟我爸爸住在一起，因为他总是深更半夜才回家，而且有时候会带回我根本就不认识的女人，所以我自己在外面租了房子住。反正我爸也不怎么管我，所以也没反对我自己租房。平常我不太会整理家务，房子里总是乱糟糟的。

"有一次，许菲来我的出租屋拿一张碟。那是一部老的电影碟，市面上已经买不到货，我就说我那里有。说起来也巧，那次她刚到我的房间，我爸爸就打电话找我有急事，要我出去一趟，去给他送个东西，于是我就要许菲在房间里等我。

"我出去了大约两个小时，等我回到房间的时候，我怀疑我是不是进错门了，因为许菲帮我把一切都收拾得整整齐齐，整个房间简直变了样。她后来告诉我，她从来没看到过这么凌乱的房间，本来想狠狠心不管，可是，她实在是看不下去，所以就帮我整理了一下。她说作为一家公司的文员，她早就习惯了收拾东西。那一次我非常感动，觉得我的心就像一块冰突然融成了一摊暖暖的水。我觉得许菲是个善良的好女孩儿，就决定要把她留在我的身边。许菲说她也很喜欢我，觉得我是个讲义气的大男孩儿，从此我们就开始谈恋爱，住到了一起。

"起初我们的感觉非常美好。许菲是个很懂得体贴人的女孩儿，我们住在一起，几乎所有的家务，她从不让我动手，总是把家里收拾得井井有条，把我照顾得非常舒适。可是，好景不长，慢慢地，我们开始有矛盾了。

"她不喜欢我有时候彻夜不归。其实那些时候我只是跟朋友在一起打牌，不知不觉就是一个通宵，我觉得这根本没什么，可是她却非常介意。如果我在外面玩通宵，她会特别生气，刚开始我还尽量哄她，可她老是为这样的事跟我闹，我就有些烦。我烦她，她当然感觉得到，就对我更为不满。不过，真正让她痛下决心离开我的，是两件事。"

杨洋叹息一声，用手抱着自己的脑袋，停止了倾诉。

我猜想这两件事肯定不是一般的事情，他需要积聚能量，让自己安静下来，才能够顺利地说出口。

"这两件事，我确实伤透了她的心。"杨洋终于把手从头上放下来，接着诉说。

"一件事就是，有一天晚上，她突然肚子痛，痛得在床上打滚，我吓呆了，不知道该怎么办。她要我快打电话，打120，让医院派救护车。我于是打了，十几分钟以后，救护车来了，我和医生一起，把她送到医院，一检查，医院确诊许菲是急性阑尾炎发作，需要动手术。

"当时需要交八千块钱住院费，而我手头上只有四千。平常我大手大脚惯了，也不怎么存钱，没钱了就找我爸爸要。可是，这次我不久前才找我爸爸要了钱，而且，我从来没告诉我爸爸我找了女朋友，所以，我不敢去找爸爸要钱。我把我全部的四千块钱交给医院，告诉医生说我回去拿钱，可是事实上，一离开医院，我就把手机关掉，跑到一家网吧里上网去了。我在那家网吧里有会员卡，会员卡上的余额足够我在那里连吃带住至少半个月。

"大概八九天以后，许菲到网吧里找到了我。我看到她虚弱的样子，什么话也说不出来。然后，她走到我面前，一副很悲伤的样子说：'杨洋，我们回家去。'

"后来我才知道，许菲做完手术后，才发现我不在，打我手机，是关机的，于是天亮以后她只好向她的父母求助。她住了一星期的院，每天都打我手机，每天都是关机。出院以后，她在出租屋里等了两天，也没等到我的影子，于是想起我常去的地方，这才在网吧里找到了我。这件事很伤她的心，但是她原谅了我。"

杨洋说的这件事让我想起一个非常有名的汉奸文人胡兰成，他其实是个才子，曾与才女张爱玲有过一段情缘。胡兰成在他的一本自传《今生今世——我的情感历程》中讲述过一件事，他的原配妻子玉凤病重，他于是出门给她借钱治病，结果借不到钱，胡兰成就在义母家里一住好多天，全不顾妻子奄奄一息……最后他自己解释自己的行为：

"并非她在家病重我倒逍遥在外……我每回当了大事，皆会忽然有个解脱，回到了天地之初。像个无事人，且是个最最无情的人。"

胡兰成如何解释自己是胡兰成的事。事到临头当甩手掌柜，这样的现象，在一部分人身上，确实会发生。这种人多半人格不够成熟，或者极度自私，杨洋应该属于前者。

杨洋从桌上的纸盒里抽出一张面巾纸，在掌心里揉了揉，而后撕扯得粉碎。

他接着说："第二件事情是，许菲怀孕了。我们平常是采取安全期避孕方式，因为我不太喜欢戴避孕套。可是，用安全期这种方式避孕太不可靠了，当有一天许菲拿着医院化验单问我该怎么办的时候，我再一次不辞而别，因为我根本不知道该怎么办。那一次我一个人去了外地，手机一直关着。在外面待了半个多月，我觉得没一点儿意思，然后，又回来了。

"等我回来的时候，许菲已经独自去医院做了人流手术，正躺在家里休息。看到我，她什么话也没说，只是不停地掉眼泪。

"那几天，仍然是她做家务。有时候我会去买许多好东西回来，想给许菲补补身体，想让她变得高兴起来。可是，许菲每天都很沉默，只是自己休息或者做做家务，什么也不跟我说。

"一天早晨醒来，我习惯性地想抱抱许菲，身边却空无一人。许菲留了一张纸条：'我走了，到外地去了，再也不会回来。快点儿长大吧！这世界拒绝一个二十几岁的孩子。'

"就在那一瞬间，我突然明白许菲对我有多重要。我决定马上要找到她，要把她带到我爸爸面前。甚至，我决定我自己也要开始去工作，要靠自己的力量养活她。

"可是许菲的手机也关机了，我疯了一样地找她，却找不到。我变得像个傻瓜，每天自言自语。然后，我的朋友就让我来找你。"

我回忆了一下，杨洋刚找到我的时候，确实状态非常不好，像个溺水之后刚刚获救的人，还有些神志不清。给他做了两次咨询，他就开始移情，一天到晚跟着我；在我采取回避措施之后，他还跑到我家门口去守着我。

但那个时候，他反复诉说的就只是他的母亲在他八岁的时候患癌症去世了，还有他的女朋友抛弃了他。

我用了不少方法试图让他镇定下来，当他发生移情的时候，我准备转介，但他声明，他不会接受除我之外的任何心理医生。

到最近这段时间，他终于能够面对真正的自己了，终于肯面对事情的真相了。

我对杨洋说："你目前最需要做的事情就是，学习爱的能力。你既不知道怎么爱自己，也不知道怎么爱别人，更不知道该如何来担负自己的责任，这肯定是不行的。"

杨洋点点头。

他说："梦瑶老师，这段时间，经历了这么多事，我觉得自己才突然开始长大了。我会好好跟我父亲谈谈，我准备找些事情做，而且，我还要设法去寻找许菲。"

去找许菲，也许才是杨洋成长的开始。可是天下这么大，他到哪里去找许菲呢？我只能真诚地祝福他。

在回家的路上，我收到林云漠的短信："明天起方心怡可以找你咨询了，我已把半年的咨询费打到了你卡里。她有你的手机号，稍晚会跟你约时间。"

方心怡，患轻度抑郁症的女研究生，林云漠曾经的弟子，也许是我隐秘的情敌。

在我心底，好奇心和醋意一样浓。当然，公平地说，也有对方心怡的同情。我自己虽然有轻度抑郁症状，但还没有到病态的地步。患上抑郁症是一件非常痛苦的事情，这种精神上的痛，会让人苦不堪言。

我开始揣想方心怡的样子——一个能够让林云漠如此关心的女孩子，想必不会太普通。

我渴望快点儿见到她。

Chapter 19

对豆豆的性教育

回到家里，林超群在厨房里做饭，我赶紧去帮忙。晚餐之后，我决定和林超群一起，试着为豆豆上一节性教育课。

因为白天给杨洋做咨询的时候，他提到了避孕套，这让我想起了豆豆那次发现避孕套时间过的问题，我一直还没有给豆豆一个正面的说法。

我和林超群商量了一下，拿出一个避孕套、一根香蕉和一个甜甜圈，我们的临时课堂就开始了。

"豆豆，过来。"林超群对着正在客厅里摆弄玩具手枪的豆豆喊了一声。

豆豆应声过来了，手里仍然拿着那支黑色的玩具枪，时不时笑嘻嘻地瞄准我。我承认林超群在豆豆面前比我更有威信，如果是我喊豆豆，他很少马上有行动，通常会说："好，等一下。"总之，如果不是豆豆特别有兴趣的事情，我总要喊他好多遍，他才会走过来——因为豆豆在我面前磨蹭惯了。看来我对自己的教育方式还要有所觉察和反思。

"豆豆，你不是想知道避孕套是用来干什么的吗？"林超群认真地问。

豆豆点点头。从他的表情看起来，他听到这个问题并没有什么特别的反应，就跟听到"你不是想知道怎么用电脑来画画吗？"是一样的。

我想起豆豆两岁多的时候，有一次我在卫生间里，没关门，豆豆走过来蹲在我面前天真无邪地说："妈妈，我看看你的鸡鸡。"——他说这话的时候，就跟说"妈妈，我看看你的牙齿"是一样的。记得当时我觉得很好笑，又有些不好意思，回答说："妈妈没有鸡鸡。"他又问："妈妈为什么没有鸡鸡？"我说："因为妈妈是女人，女人没有鸡鸡。"

其实人之初，并不懂得性有什么过于特别的意味，也许是我们的教育人为地把性神秘化了。

"你看啊，这根香蕉表示男人的，嗯，鸡鸡，男人长大以后，有时候会有精子从这里射出来，就像尿尿一样。"林超群不无尴尬地说出这番话。

"那我以后尿尿的时候就要小心一点儿，不然会把精子尿出去。"豆豆似乎懂了，点点头认真地说。

我忍不住哈哈大笑。

林超群没有笑，他继续非常投入地说："尿尿不会尿出精子。你现在还小，还没有精子，就像苹果树一样，如果苹果树还很小，它就不会开花结果，要成熟了才会。你要长大到十四五岁，进入青春期，才会有精子，而且，精子它只是男人身上的一种分泌物，就像鼻涕一样，就算真的流出来，也没关系。"

"可是我看到书上说，小孩子是受精卵变的，难道精子不是很重要的东西吗？"

"精子是很重要，但是如果它不和卵细胞结合，不变成受精卵，就不重要。现在我可以告诉你避孕套是用来干什么的了。"

林超群撕开避孕套，说："豆豆你看，这根香蕉代表男人，这个甜甜圈代表女人，如果男人把避孕套这样套起来，就算有精子流出来，也被避孕套挡住了，不会进到女人身体里面去，不会和卵细胞结合，这样，女人就不会怀孕了，明白了吗？"林超群边说边把香蕉塞进甜甜圈里。

豆豆看了看，似懂非懂地点点头，对此兴趣不大，转头又玩他的小手枪去了。

我跟林超群面面相觑一回，然后林超群开始收拾手中的道具。一时无语，我找了个话题对他说："明天早餐我们吃碱面怎么样？"

林超群开玩笑说："你是不是还想要再生个儿子？我听人说吃碱面容易怀儿子。"

我说："算了吧，这辈子我们好好把豆豆培养好，一个就够了。"

豆豆在一旁大声开玩笑说："吃碱面容易怀儿子？那我明天就要戴避孕套了。"

我忍俊不禁。唉，听听这话，分明还是个小糊涂。

其实如果孩子对于性和爱情突然产生兴趣，家长大可不必紧张。我的博客里如实记录了一段话，是豆豆六岁的时候说的，某天豆豆突然说自己喜欢班上的一个小姑娘，可是小姑娘对他并没有同样的兴趣，他就向我请教怎么样才能让小姑娘喜欢他。原话是这样的：

豆豆突然说："妈妈，有件事，你能不能帮我的忙？"

我说："什么事呀？你说。"

豆豆说："我喜欢孟琳曦，可是她不喜欢我，怎么样才能让她喜欢我？"

我愣了一下。不错，小伙子，敢于如此坦率，够勇敢。

我斟酌词句地问："你怎么知道她不喜欢你呢？"

豆豆："因为每次我说要跟她玩，她都说：'嗯——不跟你玩！'"

我："哦，也许是，这个时候的小女孩子，有些怕羞了。也许，孟琳曦也想跟你玩，她故意不表现出来。"

豆豆："不可能，她是诚心诚意不想跟我玩的。"——"诚心诚意"这个词这样用，当然是不妥当的，可我不想太计较了，这么简单的东西，豆豆以后自然会明白的。

我："那她喜欢跟谁玩？"

豆豆："她只喜欢跟女孩子玩。我们班上有这样的特点，女孩子喜欢跟女孩子玩，男孩子喜欢跟男孩子玩。"

我："如果你想要一个女孩子喜欢你，你必须是一个非常聪明、学习成绩很好、长大了很成功的人。"

豆豆："可是爸爸不成功，你也喜欢爸爸呀！"

我逗他："因为我不是一个很漂亮的女人呀，如果我很漂亮的话，我就要找一个很成功的人。"

豆豆："可是等到长大，也许她都不认识我了。"

我："那也没关系呀，反正，你现在很喜欢她也没用。"

豆豆："是的，我都还是一个小学生。"

我："对呀，小学生根本不懂什么是谈恋爱。"

豆豆："可是为什么文沐阳说要嫁给我？"

我："那，你喜欢她吗？"

豆豆："喜欢！"

我："你不是喜欢孟琳曦吗？如果要结婚，只能跟一个人结婚。"

豆豆无语。

我："以后长大了，你要找一个你很喜欢她，她也很喜欢你的人。"

豆豆："要不然就会吵架，就像你和爸爸。"

我乐得眉开眼笑："哈哈，是的。"

到现在，那个叫孟琳曦的小姑娘早已转学，不知所终，豆豆也老早把她忘得一干二净了。

总之，如果孩子对于超出他年龄范围的事情表示出一定的兴趣，成年人完全可以如实地又有技巧地跟他们交流。

临睡着，接到一条短信："何老师您好，我是方心怡，我的导师林云漠让我来找您做心理咨询，明天上午九点钟，您有时间吗？"

我回复："有时间，明早九点见。"

Chapter 20

清理生命早期的精神碎片

我迫切想见到方心怡，所以八点半就赶到心理咨询工作室。

"自杀成中国青壮年人首位死因，200 万人自杀未遂，忧郁症是罪魁祸首"——桌上那份报纸的头版中，粗黑的标题有些触目惊心。

生活中常常如此，当你关注一件事，似乎跟那件事有关的信息就会自动找上你。其实只不过人的注意力是有选择性的，会选择留意那些自己感兴趣的信息。如果不是因为要治疗方心怡的忧郁症，恐怕即使看到这条消息，我也不一定这么上心。

我稍稍瞄了一眼报道，那上面说："抑郁障碍是导致自杀的首位原因，可使自杀的危险性增加 20 倍。"

这条报道肯定是真实的。因为，我已经听到好几位朋友说起他们身边的人罹患抑郁症自杀。且不说那些真正患了抑郁症的人，连我自己，也会偶尔感叹，人的一生，真正美好的、有意义的事情，实在有限。那些抑郁症患者，觉得生活没有希望、精神没有寄托，选择轻生对他们来说，似乎是非常自然的事情，一点儿都不值得奇怪。

离方心怡预约的时间还有二十分钟，我从书架上取出一本关于抑郁症治疗的书，一边翻，一边等。

应该说对于治疗轻度的抑郁症，我胸有成竹，因为曾经治疗过几例这类患者。但是，也要因人而异。任何一个个体都有自己的特点，治疗方案必须随时进行调整。

何况，这个方心怡，我觉得她的身份是那样神秘和特殊。

"您好！我跟何梦瑶老师有约。"一个悦耳动听、又略有些压抑的年轻女声传进了咨询室。她的声调不徐不疾，不卑不亢，让人顿生好感。

这肯定是个非常优秀、非常有修养的女孩子，还没见面，她的声音已经征服了我。

我把书放回书架，起身去迎接她。

方心怡是那种即使混迹在人群中，你也会多看她几眼的女子。她身材修长，估计一米六五左右，一条印着青花的白底长裙更是把她衬托得亭亭玉立；她脸上的皮肤白净娇嫩，小半边脸被长长的黑且直的秀发遮住了；一双大而明亮的眼睛，直挺的鼻子，嘴唇的弧线非常优美，即使含着微笑，她那略带忧郁的神情仍是我见犹怜。

我在心里叹息，怪不得林云漠会那么关心她。

她望着我，脸上的微笑更加明显："您就是何梦瑶老师？您的气质真好！一看就是那种很有内涵的人，怪不得我的导师要我来找您。"

她的这番明显带有恭维色彩的话不但没让我觉得高兴，反倒竟然使我有刹那的心灰意冷。

如果林云漠喜欢的人是她，我不是她的对手。我相信她具备我所有的优点，而我却已没有她的青春。我告诉自己：投降吧！最好忘了林云漠，忘了那些关于天长地久的约定。最聪明的做法只能是忘记。

我打起精神面露微笑，点了点头，示意她坐下。

方心怡镇定地跟我对望，她略带微笑说："何老师，很荣幸认识您。我说话喜欢开门见山，您是这方面的专家，打算怎么给我做咨询治疗呢？"

好厉害的小丫头。林云漠给她上课的时候，她一定也经常这样将他的军吧？

我勉强笑着说："听说你是林云漠博导的得意弟子，他多次表扬过你，说你很有悟性。对于抑郁症，相信你自己也研究得不少。我不敢说是给你做咨询治疗，当作是我们共同对抑郁症进行探讨吧！"

"何老师您太谦虚了！我说话就喜欢直接一些。现在，我有一个不情之请。"

"请讲。"

"虽然您是我的心理咨询师，但是，我希望在我面前，您也能最大限度开放自己。也就是说，您要求我做的事，您自己也适当做一做，好吗？因为，我想知道你究竟是怎么治疗我的。您的治疗方案，是否跟您个人的成长背景有关。可能，我这个要求是有些强人所难，请您理解我，因为我不但想治好自己，还想知道为什么您要用这种方式来治疗，更想对您也进行相关的了解。"

她的要求算不算一个难题呢？

很显然，方心怡在试图控制她的心理咨询师。如果换上别人，我当然不会吃这一套，随便几句话就能打发。比如，我可以这样说："对不起，毕竟我们是医患关系，至少在治疗这件事情上，不存在平等，我没有义务接受你的建议。"或者干脆说："我不喜欢别人勉强我。如果你一定要坚持你的要求，可能你要考虑更换你的心理医生。"

可是对她，我不能这样说，因为是林云漠委托她来找我。此外，她究竟是不是林云漠的情人？这个问题对我太有吸引力了，我想揭开这个谜底。

权衡之后，我对她说："我接受你的条件，不过请记住，我的开放是有限度的，而且我随时有拒绝的权利。如果你不反对，我们要做的第一件事情，就是清理你头脑里尖锐的精神碎片。"

她的眼睛亮了亮，说："清理尖锐的精神碎片？这个说法很新鲜。您的意思，就是要我说出成长过程中的创伤事件，对吗？"

我含笑点头，这个小丫头，果然很有悟性。精神碎片这个说法，是我自己随口说的，我相信没哪本教材有这个提法，可是她竟然马上就领悟了我的意思。

我打量着她，同时想起弗洛伊德的一个观点——只要是人，就有精神创伤，即使是那些被精心照料的人也不例外——眼前这个漂亮、讨人喜欢而且聪明伶俐的女孩子，可能遭受过什么样的挫折与伤害呢？

"童年阶段我自己倒好像没遇到过什么太大的挫折。"方心怡沉思了一阵，转了转黑亮的眼珠，说道，"我能想起来的都是些很小的事情，比如说，小时候，我本来一直是留两条粗粗的辫子，总有许多人夸我漂亮。可是，有一次我跟小伙伴打赌，小伙伴赌我不敢把长头发剪掉，我一赌气就去剪了，还剪得好短，结果居然有人以为我是男孩子，而且不少人说我变丑了。我后悔极了，一照镜子就哭，为这事整整哭了一个星期。"

我不禁微笑了。看吧，这就是一个八零后漂亮女孩子所谓的挫折。

方心怡却奇怪地变得满脸严肃，继续说："小时候，我自己虽然没遇到什么很明显的挫折，但是我表姐，我阿姨的女儿，她却遇到了非常悲惨的事情。"

我也收敛了笑容，平静地望着她，洗耳恭听。

"我的阿姨和表姐都在乡下，表姐是十里八乡有名的美女。二十岁那年，邻村有一对亲兄弟同时喜欢上了我表姐，我表姐非常矛盾，因为她没想好自己究竟接受谁。那两个小伙子为了讨好我表姐，想挣点钱给表姐买一个好一点儿的礼物，他们就相约着去山里挖矿。那个地方盛产有色金属矿。没想到，两兄弟一大早出门去挖矿，就再也没有回来，后来他们村子里派人到处去找，在一个很浅的矿井里找到了他们的两具尸体。据说盖在他们身上的土层很薄，稍微用点儿力就能走出来，可是他们居然都死了，村里人就说表姐是丧门星。为了这件事，表姐哭得眼泪都干了。那段时间，表姐常到我们家来，我觉得她简直变了一个人，变得眼光发直，整个人呆呆的。后来表姐在当地根本找不到对象，只好背井离乡去了外地打工，总算找了个人结婚，还算能生活下去。这件事对我影响非常大，我动不动就想象出两具尸体，以及我表姐痛哭、发呆的样子。可以想象，她内心一定非常恐惧，也非常自责。我不知道怎样才能够安慰她，我觉得她真的好可怜，那段时间，我自己心情非常不好。"

过了一阵，方心怡望着我说："何老师，按照我们的约定，该你跟我讲讲你小时候受到过的挫折了。"

我和方心怡生活的年代不同，历史背景完全不一样。我小时候遭受过的挫折自然比她多得多。应该说，每一名资深心理咨询师，都要在督导面前进行自我分析，我对自己已经进行过精神分析。小时候种种缺乏关心和爱护的情况，遭受过的包括从树上摔下来的意外伤害、受大孩子欺负等事情，都已经分析过了，我该跟她说什么呢？

我突然想起一件几乎忘记的事情来，于是开口了："我小时候，应该是只有六七岁的时候吧，那时我爸爸在外地，家里只有我、妈妈和弟弟。有一次，我妈妈带着弟弟和别人去看电影，只有我一个人在家——我不记得为什么是我一个人在家，是我自己看过那部电影了不想去，还是妈妈不让我去，我忘了——当时家里还没有电灯，只能点煤油灯，我一个人躺在床上，睁着眼睛看屋顶，一直没什么睡意，突然，我发现一只手从靠近屋顶的架子上垂了下来。那只手一动不动地垂在那里，我吓呆了，赶紧用被子蒙住头，然后就睡着了。这件事情应该是真实发生过的，我觉得那是一种近乎鬼怪的现象，完全没有办法解释那只手是怎么回事。至于后来，我妈妈是什么时候回来的，我醒来后是不是很害怕，我已经不记得了，就只记得那只手，不知道是死人的手还是活人的手，一动不动，垂在我面前。"

方心怡听得入神，眼睛一眨也不眨地望着我，没有罢休的意思。

想起她刚才讲她表姐的事情，我也记起了我父亲曾经提到过他大姐——也就是我大姑的悲惨故事。我没有见过这位大姑，因为我还没出生她就去世了。

于是我接着说："另外一件事，是发生在我大姑身上的，跟我没关系，但我听我父亲说起过几次。我大姑二十来岁的时候，嫁给外村一个小伙子。那时候大家日子都过得很穷，大姑生了孩子营养不良，身体不太好，而且那个小伙子又不懂事，大姑生下孩子还没满月，他就非要强迫大姑跟他同房。结果，大姑染上严重的妇科病，含恨而死，那个孩子也没能留下来，大姑临死前咒那个小伙子：以后做鬼都不放过他。后来那个小伙子又跟别人结婚，生的三个孩子，只有一个存活了。这个故事，也很悲惨。我小时候听我父亲说的时候，心里也很害怕。"

方心怡听得很认真，她说："以前的年代，好像这种悲惨的故事特别多。"

我说："对，那是因为，那个时候无论经济还是知识，都没现在这么发达，所以人们就会受更多的苦。"

方心怡说："其实以前也有人得抑郁症，只是还没这个说法。心理学在我们这个国家还太年轻了。"

我点点头说："对，是这样。而且你也知道忧郁症的起因是很复杂的，并不是说我们刚才说的这些事情就是导致忧郁症的原因，但是，它们多多少少会对我们的精神世界造成不同程度的负担和损伤，如果意识到这一点，知道它们已经成为过去，不再让它们影响我们现在的生活，我们的心情就不会那么沉重。"

我和方心怡就刚才提到的事进行了心理学意义上的讨论和分析，然后，我有意识地把话题往林云漠身上引："你和你的同学对林云漠导师印象怎么样？"我边说边看似漫不经心地观察方心怡的表情。

她飞快地看了我一眼，斟酌着词句，回答道："林教授是非常少见的治学严谨，具有很高的专业水准，而且很有人格魅力的一位博士生导师。"

她的回答滴水不漏，我看不出什么端倪。

难道说，是我自己多心了？可是，这个老师对学生实在是过于关心了吧？他竟然为方心怡预交半年的心理咨询费。每个星期一次，每次三百块钱，半年下来，不算太小的数目。

我边胡思乱想，边跟方心怡约了下周咨询的时间。

不管怎么样，不管方心怡是不是林云漠的情人，我决定要改变以前老是主动给林云漠打电话、发短信的做法，暂时不主动跟他联系，除非他来找我。

爱上一个自己不了解而且仍然充满疑虑的人，是危险的，即使对这个人只是一种精神上的爱恋。

Chapter 21

告诉我你的梦

早晨醒来，依稀记起昨天夜里做了一个奇怪的梦。

我很清楚这个梦是因为方心怡而起的，我梦见了童年时生活过的一个边远小镇。

那是一个只有几百户人家的镇子，远离交通要道，地理位置在当时称得上偏僻闭塞。我九岁左右的时候，父亲因为工作调动，举家搬迁到了那里，我们全家在镇上生活了两三年。

小镇人们有自己的方言，非常难懂。当地土壤瘠薄，多有石山，所幸一条小河静静流过，丰富了我的童年生活。

小河上有一座能过汽车的石桥，而我梦里的重点就是那座桥。记忆中，那是一座长约百米，宽不过六七米的普通石桥，它的桥栏矮矮的，也是用石头砌成的。

梦见自己童年的生活场景本身没什么好奇怪的，许多人都会做这样的梦。奇怪之处在于，我居然梦见那座小桥被改建了，被建成一座宽阔的高速公路大桥。

之所以梦中出现童年场景，是因为我和方心怡谈到了自己的童年故事；桥，是因为我觉得需要跟方心怡深度沟通，而且希望和她的沟通是很有效率的。

这个方心怡，她会在多大程度上影响我的生活，目前还不得而知。我也不知道接受林云漠的建议给方心怡做心理咨询，是不是一场错误。

林云漠，想起这个名字，我的心没来由地痛起来。前一段时间我基本上每天都会给他发发短信，然后他会尽可能及时回复。可是现在，两天过去了，我没理他，他也没理我。

这样有意识克制自己不去联系他，真是煎熬。

今天下午有一场预约的心理咨询，来访者据说是一位曾经很风光的中年男性诗人。我决定让他讲述自己最近做过的梦或者那些反复出现的梦境。从梦入手，是心理咨询师时常用的手法之一。因为梦是人潜意识的表达，携带了大量我们可能没有觉察或者不愿面对而又特别重要的信息。

但我没想到，这个诗人一开始就给了我一个下马威。

他开口就说他不是来咨询的，只不过是来感受或者说来体验一下心理咨询。

我也不客气地说："如果你根本就没病，却去找一个医生，让他给你开药，那医生该怎么给你开呢？是开胃药还是开安眠药？"

他一怔，随即说："那我们随便聊聊，好吗？心理咨询不就是聊天吗？"

"聊天只是心理咨询的方式之一，就像吃饭是生活的内容之一——

样，但你不能说生活就只是吃饭。"在这个人面前，我一点儿都不想示弱。

我判断这个人其实是有某种心理困惑的，只不过他自己没觉察或者不肯承认。以我偶尔倨傲的个性，我本来想毫不客气地取消咨询，但一转念，觉得自己还没有傲气到故意跟客户过不去的地步。何况，跟一个小有名气的诗人过过招，也不坏。

然后我微微一笑，不卑不亢地望着他。

他开口说："孤独啊！人活在世界上，真是孤独啊！"

这一点我倒是有同感，越是活得清醒理智、敏锐敏感的人，孤独感越严重，这也是我渴望跟林云漠建立深刻的心灵契约的原因。然而，真相是，不管你怎么做，你都无法消除自身偶尔的孤独感，你只能与这种感觉平静地共存。

我随口应对道："从跟母体分离的那一刻起，每个人都是孤独的，这是作为有智慧的人类需要承担的一种命运。"

几个回合下来，他似乎对于跟我谈话产生了兴趣。我于是按照既定步骤往下走，问他："你平常做梦多吗？自己印象很深的是些什么梦？"

他略略思索了一下，便说："我是可以好好跟你讨论一下我的梦。说起来很奇怪，我今年四十多岁了，可是在梦里，我似乎总是在跟二十来岁的女孩子谈恋爱。"

"你自己觉得这个梦是什么意思？"

"可能说明我很留恋我的青春岁月，很喜欢二十几岁的女孩子。"

"事实上，谁都留恋自己的青春岁月，大部分人都喜欢二十几岁的女孩子，可是不见得每个人都老是做这样的梦。"

"那，经你这么一说，我也不知道这个梦是什么意思了。"

"我听说你是诗人？"

"是的。"

"最近有些什么作品？"

"唉，这个话题，怎么说呢？我二十几岁成名，那时候写下了大量优秀诗篇，可是后来，我怎么都无法超越自己，干脆就不写了。我已经好多年不写诗了。"

"你觉得你刚才说的，跟你的梦是否有关联？"

他恍然大悟般地说："天哪！我明白为什么我总是梦见跟二十几岁的女孩子谈恋爱了！可能对于我来说，二十几岁的女孩子就象征着我的诗歌，我是在渴望重新写出我年轻时所写的那么美妙的诗歌来！明白了，我明白我自己了！"

我点头道："我觉得你这样分析你的梦是有道理的。事实上，即使是一个同样的梦，做梦的人不同，解释也可能完全不同。"

他又给我讲了几个梦，比如，他有时候做噩梦，老梦见自己被蛇咬，后来几经分析，不过是因为他小时候亲眼见过一条大蛇，非常害怕；再比如，近来他常梦见自己捡钱，不过是因为他最近刚买了一套大房子，需要还银行按揭，因而经济压力比较大，他的梦境在帮他达成愿望，让他心里得到放松。

一个小时结束，他边轻松地跟我握手道别，边说："我相信做心理咨询是很有帮助的，尤其是，如果遇到的是一位像你这样优秀的心理咨询师。"

我微笑着说："谢谢认同。"

然而送走那位诗人，我却在瞬间萎靡不振起来，我觉得我的精神陷入一种困顿状态，不知道是不是因为我对林云漠的感情产生动摇而引起的。

干脆约梅玲晚上去泡吧，没有别的念头，只是想放松一下，不过我没想到会在酒吧里遇到李岑岑——那个因为老公不断出轨而痛苦不已的美丽女主播。

Chapter 22

承担你遇到的一切

"我这辈子最大的败笔就是遇到我的前夫。"

梅玲喝了几杯酒，突然凑近我，惆怅地摇着头，对我甩出这么一句话来。

说实话，虽然平常跟梅玲经常一起探讨心理咨询案例，偶尔也一起消闲，但她从不谈起自己的私生活，甚至曾经有两次我有意引导她说说家事，她都守口如瓶，我从没听到过一句关于她的丈夫孩子之类的话题。

想不到喝了点儿酒，她突然愿意跟我聊起私房话，我这才知道原来梅玲是离了婚的女人。

我很想知道更多关于梅玲的事，可是，这家酒吧不是那种清吧，非常嘈杂。

我给她叫来一杯鲜榨菠萝汁，目的是为了给她解解酒。

她对着我的耳朵说："你别以为我喝醉了，早就想告诉你的事，只是现在才有心情。"

我干脆把她拉到酒吧外的走廊上，跟她聊一阵。

"我以前是一名海军，在海军医院当医生，后来转到了地方医院。"梅玲一开口就让我大跌眼镜。我从来不知道她当过兵，而且还是海军。

"应该说年轻的时候我也是美女，那时候，海、陆、空都有人追过我，不知道怎么就一直没看上谁，直到遇到我前夫。他比我年龄小，那时候追我追得挺用心，其实也就是鲜花攻势啦、请看电影啦，并没有太多特别的办法，不知道怎么我就接受了他。可是，没想到，他是个非常没有责任心的人，不但在外面花心，和别的女人乱来，连自己的孩子都不管。这样的男人，我实在跟他过不下去。与其一天到晚看着他生气，不如自己一个人带着孩子过。"

一位长得很帅的男侍从我们身边走过，很注意地看了我们一眼。

梅玲也看他一眼，然后对我说："这个酒吧里常有富婆光顾，你不知道，一些富婆也像男人找小姐一样，找这里的帅哥出去玩，刚才那个帅哥肯定把我们俩当成是想找帅哥的富婆了。"

我摇摇头，这世道，真是疯了。唉，至少，我是个精神至上主义者，估计这辈子没机会去找什么帅哥了。

"我之所以会转行做心理咨询，其实跟我自己婚姻失败很有关系。那时候心情特别不好，心理很不平衡，觉得自己命不好。说实话，我现在自己房子都三四套，也就是说，这辈子，我不会再为钱的事情发愁，但，感情上，确实是很失败的。幸亏，心理学救了我。而且，我的孩子，一个男孩子，十五岁了，我自己培养得还算好。总算是有安慰的。人这一辈子，你不知道自己会遇到些什么。反正，遇到什么，就承担什么吧，也没什么不得了的事。"

我对梅玲简直是另眼相看。

平常见她总是云淡风轻的样子，真的不知道她的背后，有这么曲折的经历。

其实谁的一生没几个故事没几个转折呢？我自己，不也是大学毕业后，先在公司里当管理人员，而后在媒体晃荡一阵，最后才走上心理咨询师这条路的吗？跟梅玲的相似之处是，我也是因为经常心情不好，简直有抑郁倾向，这才从事心理咨询这个行业的。

同病相怜吧！

我们重新进到酒吧里喝酒。

这天我们喝的是洋酒兑果汁——这是我们自己发明的喝法，口感非常不错。我和梅玲不停地干杯，不知不觉就喝得头都晕了，我觉得不能再喝了。

我放下酒杯四处张望了一阵，突然，我看到了李岑岑，她和一个男人在一张桌前喝酒，彼此还比较亲密，那个男人背对着我，看不清他的样子，匆匆一瞥，他的背影没给我留下太多信息。

而且，几乎是同时，李岑岑也看到了我，我们都愣了一下，我马上把头转开，装作没看见她。

过了一阵，李岑岑居然朝我走过来，敬我一杯酒，她说她想明天找我咨询。

Chapter 23

李岑岑：爱要纯粹

"梦瑶老师，这段时间我做了一个极其艰难也极其重要的决定。"

李岑岑说完这句话，转脸望向窗外，开始发呆。

我们的心理咨询工作室在十九楼。窗外是城市的高楼、大片的蓝天，以及城市公路上来来往往的车辆，当然，还有绿树点缀其间。这一片怡人的风景映照在早晨十点的阳光里。

我也和她一样凝望窗外，并不急于打破这沉默。

好一阵子，李岑岑才转脸望着我说："我已经决定跟潘唯毅离婚。我始终相信，真正的爱，是纯粹的。他这样一天到晚老出轨，我确实受不了。他的前妻曾经有恩于他，他对她心怀感恩，在她面前相对专一，可我对他而言，我只有爱，除了爱，我一无所有。可是既然我的爱不能感动他，不足以让他专心对待我，所以，我只好离婚。"

"哦，真的决定离婚？你们谈了条件吗？"

"我只要离婚，没有任何条件。不过，潘唯毅虽然花心，还算是个有情有义的男人。他说如果我非要离婚，他只能给我五百万，他还说给我那些钱，是希望我能够不为谋生所苦，可以去做一些自己真正有兴趣的事情。我说，我没有任何要求，一切随他的意愿。"

"你是真的想好了吗？"

"是的，真的想好了。其实潘唯毅花了很多心思挽留我，可以这么说，他做的一些事情，这辈子我都不可能忘记。"

"他做了些什么事情呢？"

李岑岑再一次把脸转向窗外，然后喃喃低语："那些小一点儿的事情我就不用说了，比如说，一起出门，他永远站在可以随时保护我的位置；比如说，他带我去了许多国家旅游……这些事都没什么特别，我只想说一件我自己觉得最震撼的事情。"

李岑岑叹了口气，她的声音渐渐提高了一些："他为了让我回心转意，特意以湘江商贸集团的名义为我召开了一个奢侈品发布会，名表、珠宝、时装、化妆品，都是世界顶级品牌。发布会上，明星云集，各大媒体都派了记者。而且，他设计了一幕高潮，让我打扮成一个天使，展示一颗名为'沙漠之星'的昂贵钻石。那一刻，我是全场的焦点，所有的明星在我面前全都黯然失色。"

我看着深深陷入回忆如同做梦一般的李岑岑，完全相信她说的是真的。因为，她确实有这样的潜力，可以成为最耀眼的那颗星星。何况，潘唯毅有心要在那个瞬间突出她的光芒，他完全能够做到。如此华丽张扬的时刻，一生一次，已是足够。

李岑岑拿出她的手机，打开一个文件给我看，那是一段她捧着钻石隆重登场的视频，一个女人生命中最华丽的瞬间。

"而且，潘唯毅承诺，只要我不和他离婚，他愿意倾其所有买下那颗名为'沙漠之心'的钻石送给我。那颗钻石真的很漂亮，是淡黄色的，晶莹剔透，我从来没见过那么美的宝石。可是我对他说，钻石再美，再名贵，只是一颗石头，我要的是一颗真诚的、专注的心。但目前的情形，我对他已经失望了。他说，他希望我给他机会，人是会改变的。可是，我已经不相信他，也不想再给他机会。"

李岑岑说着这番话，泪水夺眶而出。

我无法不被李岑岑感动。

这世上，多得是比她更漂亮、更年轻的女孩子，挖空心思想要结交豪门，甚至不惜成为豪门里的小三小四；而这个女孩子，因为一些难得的机缘，轻轻松松成为豪门的正牌夫人，却因为丈夫用情不专决定放弃许多人垂涎三尺想要拥有的一切。

我抽出一张面巾纸递给李岑岑，叹息着说："岑岑，这件事，你确实需要考虑清楚。你之所以这么难过，说明你对潘唯毅仍然有很深的感情，你可能会很难放下来。"

"是的，我承认我仍然爱他。像潘唯毅这样的男人，不只是知书达理、仪表堂堂，也不只是富甲一方，他还非常有人格魅力。正因为这样，那些认识他的女孩子，才会千方百计想要得到他。可以这么说，我前一分钟跟他离婚，后一分钟他就能找到比我更优秀的女孩子代替我。可是，不知道为什么，我真的觉得爱情不是可以分享的。我承认他也是真心爱我的，可是，他既然爱我，就要懂得规范好自己的行为，懂得自律，不能老是让我伤心。梦瑶老师，你能想象心爱的人背叛自己的感觉吗？你可能根本无法想象我究竟有多么痛苦。我其实对于跟他离婚非常矛盾，连续很多个夜晚，我的泪水打湿了枕头，无法成眠。

我的父母也根本就不准我提离婚的事。可是，毕竟，我的人生是我自己来过。我知道我想要的是什么样的生活，我要两情相悦、彼此忠诚的爱情。"

我点点头，表示理解她的感受。但是，我还是有些替她惋惜，于是慢慢说："岑岑，可能你把生活看得太理想化了。你期待的那种纯真的感情，这世界上也许是有的，可是，如果你要求一个男人非常优秀，还要很专一，而且你们在恰好的时间相遇，又恰好彼此爱上对方，恐怕会很难。这世界上，没有完美的人和事。也许，假如你找到一个能够对你专一的男人，可是他不见得那么有人格魅力，不见得那么有能力，或者，总有一些令你不满意的地方，到时候，你一样还是会觉得失望。"

李岑岑摇摇头："所谓人各有志。我对于男人的要求，首要的就是希望他专一、忠诚。至于说他的能力，我反倒没太多奢望，我只要求这个男人能够养活他自己、善良乐观、有追求就行。生活上，我很独立，并不需要依赖哪个男人。"

我突然惊觉自己居然不知不觉有劝说李岑岑不要离婚的嫌疑，心理咨询师的态度必须是中立的，不能预设任何立场。

我适时把自己拉了回来，问道："你是说，你已经决定离婚，那么，你们是否确定了具体的离婚时间呢？"

"潘唯毅坚持要一年之后才办离婚手续，一年之内，我们只是分居。他说，他不希望我后悔。"李岑岑边说边苦笑了一下。

我猜她苦笑的意思是：我有什么好后悔的？

我叹息一声，无话可说。

我不知道如果发起一场无记名投票，支持李岑岑离婚的人会有多少。既然她已经决定，那就没什么好说的了。不过，潘唯毅为他们两个人的婚姻争取了一年时间，那么，一年之后，结果会是什么，可能很难说。显然，潘唯毅确实是非常珍惜李岑岑的，但他同时也做不到无视身边的诱惑。

李岑岑黑漆漆的眼睛盯着我，仿佛有什么很难出口的话要说。

我含笑望着她，等她开口。

她好几次欲言又止，喝了一口水之后，终于发话了："梦瑶老师，我想告诉你一件事，杜林风开始正式追求我，昨天晚上和我一起泡吧的就是他。"

我马上想起我看到的那个背影。应该说，听到这样的话，我一点儿都不意外。因为李岑岑上次来咨询的时候，已经说过，她常常找杜林风倾诉心中的烦恼。而她和杜林风的关系本来就非常好，这样一来，他们之间产生情愫，也很正常。

我嗯了一声，并不多说什么。

李岑岑说："看来梦瑶老师一点儿都不觉得意外。"

我笑笑说："根据我对人性的了解，这件事确实不是很意外，甚至是在情理之中。"

"您觉得我该怎么办呢？是不是考虑接受他？"

"我觉得你该怎么办，这没有意义。你自己想怎么办，才有讨论的价值。"

"杜林风这个人，怎么说呢，我以前从来没把他往恋人的方向想，现在，两个人深入交流之后，我觉得他是一个非常本色的人，对我表现得很有诚意，跟我有许多共同语言。"

"一个人如果刻意想跟另一个人找到共同语言，其实不是难事。"

"我们并没有刻意去找。反正我们在一起，总会有许多共同的话题，简直有说不完的话。一天晚上，我们在湘江边上的杜甫江阁喝茶，看橘子洲头燃放烟花，发了许多感慨。从生命短暂说起，到美丽的东西都有时限，再到这种做法劳民伤财，总之，越聊越起劲。杜林风决定在他的节目里做一期这个话题，专门谈论市政府用放烟花的方式树立城市形象、给城市和烟花打广告这种做法对不对，结果有许多人参与到这个话题的讨论中来，那天晚上热线电话非常火爆。"李岑岑说起这件事，脸上的表情生动起来。

我大概拼出了事情的轮廓：潘唯毅频频出轨，使得李岑岑对他灰心；然后，杜林风的追求让李岑岑决定给自己一个新的开始。

她看我一眼，似乎知道我已心知肚明，于是问道："梦瑶老师，您赞成我跟杜林风走到一起去吗？"

我笑笑说："应该说我没有资格赞成或者反对。我觉得，就像你刚才说的，一个人的一生，真的很短，是自己过自己的一生，所以，我们应该尽可能遵照自己内心的感受去做选择和决定。只是，你需要想清楚，为什么你要接受杜林风，难道他就能带给你你想要的一切吗？他又是一个不会出轨的男人吗？"

"杜林风，怎么说呢？我刚才说了，他很本色。他是这样一个男人，如果真心爱一个人，就会轰轰烈烈去爱；如果不爱了，宁愿离开，也不会背叛。"

"可是，作为一名资深的心理咨询师，我很负责任地告诉你，通常情况下，普通人的爱情，也就是那种激情状态，都是有期限的，就像你刚才提到烟花时所说的那样，美丽的东西都有时限，那么，爱情也一样，是有时限的。当然，天长地久相爱一辈子的两个人也有，但那非常少，而且双方都要非常执着，他们彼此要特别懂得珍惜对方。到时候如果杜林风真不爱你了，你们不再相爱了，你又怎么办呢？"

"我想过这个问题，所以，潘唯毅要求我一年之后再办手续，我才同意了。"

"我是不是可以这样理解，你想这一年跟杜林风在一起，一年之后，再考虑重新回到潘唯毅身边？"

李岑岑愣了愣，她说："我从来没有明确这样想过，但我不排除也许潜意识里，我是有这个念头。"

"可是，如果你真和杜林风在一起，一年之后，潘唯毅还会接受你吗？如果到时候，杜林风不再爱你，潘唯毅又不再接受你，你将何去何从，自己考虑过吗？"

"这种情况我考虑过。反正，我真的觉得，爱一个人，就要真心，就要纯粹，不能游戏感情。至少这一刻，我做出的决定仍然是，跟潘唯毅离婚，接受杜林风。"

我看看挂钟，一个小时的时间刚好到了，于是说："如果你真的认为自己已经做出决定，那么，我愿意祝福你。这次先到这里吧。"

望着李岑岑的背影，我想：为什么大多数女人，会对爱情那么执着？

就在这一刻，我开始思念林云漠，同时也试图分析近来接触的几个人物，陷入一阵沉思中。

Chapter 24

我用自己的方式爱你

一阵敲门声打断了我的思绪。

今天上午，除我跟李岑岑有预约，因而留下来做咨询之外，咨询工作室其他人都出门参加一个心理学推广的活动去了，会是什么人来敲门呢？

我打开门，一个五十出头的妇人站在门前，她戴着眼镜，穿了件红色花纹的旗袍，看起来很有气质。

她问："这里是心时空心理咨询工作室吗？"

"是的，请问您有什么事情需要我们帮助吗？"

"你是心理咨询师吗？"

"是的。"

"哦，我在网上看到你们工作室的地址，今天路过这里，所以上来看看。"

"欢迎您。"

我把她往办公室引，她边打量我们的办公室，边看看我，然后说：

"我觉得你好面熟。"

我笑一笑，道："我叫何梦瑶，是一名资深的心理咨询师。"

她恍然大悟地说："我想起来了，我在电视上看到过你。不好意思，我看电视看得不多，所以一下子没想起你来。"

这段时间唐艺馨继续在主持《婚姻评审台》这档节目，她怀孕时间不长，不明底细的人根本看不出来。这两次我去台里录节目见到她，她刻意什么也不跟我说，我也就不好主动去问。我只是每次都给她一些暗示性的、不着边际的鼓励。比如："一切都会过去的。""要好好保重自己。"因为针对性不强，这样的话显得不痛不痒。可是，如此隐私的事情，她不跟我说，我是不方便主动提起的。

我把思绪从唐艺馨身上收回来，给这位临时来访者倒来一杯茶。

她说："我可以现在就请您给我做咨询吗？"

我迟疑了一下说："应该可以，正好我现在有空。不过，心理咨询是要收费的。"

她说："这个我知道，我在网上都看到了，您的收费标准，好像是三百块一个小时吧？这没问题。"

我们走进咨询室坐下来，我拿出一张来访者登记表请她填写，她只在姓名一栏里简单地写了一个"袁"，年龄一栏写了"56"，再留下手机号码，然后，就不想往下填了。

我只好开口问："您希望我怎么称呼您呢？"

"你可以叫我袁老师，我是医科大学的教授。"

"哦，袁老师，您是想就什么方面的问题进行咨询？"

她叹口气，自顾说开了："唉，我这辈子，自己都说不清究竟是幸福还是不幸。我曾经是活得非常开心的一个人，一天到晚动不动就哈哈大笑，那种笑，是从胸腔里发出来的笑声，是发自肺腑的真心的笑。后来，我开始过得不好，整个人都垮掉了。每天都会大哭一场，号叫着像一条受伤的母狼。"

说到这里，有泪从她眼里涌出来，她马上急急往下说，似乎要甩掉这种悲伤的情绪："幸亏现在，又慢慢变好了。这一切，都是我老公引起的，他对我非常好，长得很帅，一米八几的个子，别人都说他像克林顿。我的儿子倒是一直很好，现在在美国留学，没让我操半点儿心。"

说到这里，她打住了。

她的这段叙述，很容易让我以为她找了个非常优秀的老公，然后，老公背叛了她，又去找了别的女人。因为这种版本的故事，我听得实在是太多了。但我提醒自己，不要做过多猜测，只管倾听事实。

她从包里掏出一条花手巾，擦了擦眼睛里的泪水。其实桌上有餐巾纸，她却视而不见，而且，我感觉得到，她可能有相当长一段时间容易掉眼泪，以至于包里的手巾成了她的必备品。

擦完泪水，她继续说："那时候，我的老公对我实在是太好了，从来不让我进厨房，事无巨细，对我体贴周到，我可以这么说，真的很难找到这么好的好男人，他简直可以称得上完美。"

她又开始拭泪，而且呜呜哭了起来。等她终于安静下来，我决定要开始发问，因为我不知道她老公究竟是怎么回事，她的讲述实在是太杂乱无章了。我于是试图引导，问她："后来发生了什么事？"

"我老公后来得了癌症，现在已经去世好几年了。"

我这才明白过来，接着问："您的老公已经去世好几年了？那您今天来咨询的事情跟您的老公有关吗？"

我承认在有些时候，我可能不是一个特别有耐心的心理咨询师。我在做咨询过程中，有时候会刻意加入一些我自己主观的东西，比如，对进程的控制，我可能会喜欢按照自己的速度来进行，而不是一味顺应来访者的节奏。应该说这种做法是一柄双刃剑，虽然有时候会使咨询显得更有效率，为来访者节约了时间；但是，这样做有时候极可能会打断来访者的思路。

袁老师茫然地望着我说："不能说没关系，也不能说有太大的关系。"

这话是什么意思？

我不得不承认，可能我有点儿跟不上袁老师的思维。

但，这不是什么问题，毕竟我是一名有经验的心理咨询师。

我说："您的意思是，今天来咨询的事情跟你的老公多多少少还是有点儿关系的，对吧？"

"对，可以这么说。从知道我老公得癌症到他去世之后，我哭了整整三年。每天一到办公室就要号啕大哭十几分钟，哭一场之后，才能开始正常工作；否则，我会心神不宁，什么事都做不了。他还在治病的时候，当着他的面，我绝对不会哭，连眼泪都不会掉一滴，可是，一转身离开他，我就完全受不了，哭得一塌糊涂。"

她仍然没有切入正题，我只好顺着她的话问："您现在还是每天都哭吗？"

"那没有，早两年就没哭了。我刚才不是告诉你，我曾经过得非常好，然后非常不好，现在，又开始好了。既然好了，怎么还会每天哭呢？"

"您说的现在又开始好，指的是什么呢？"

"指的是我终于接受他已经离开我的事实，开始懂得照顾自己，安排好自己的生活。"她又突然问我，"有一首歌叫作《我用自己的方式爱你》，你知道这首歌吗？"

我犹疑地点点头。这首歌，我有印象。

她开始哼唱起来："我用自己的方式悄悄地爱你，你是否为我的付出表示在意？我用这样的执着柔柔地对你，你是否为我的期待满怀歉意？"

唱了一阵，她说："这是我老公生前最喜欢为我唱的一首歌。当时我就有点儿怪他，说这首歌不太吉利，你听听这些歌词，什么'哪怕你我感觉的距离，一个在天一个在地，哪怕你我感情的归依，一个安静一个哭泣'；而且在 VCD 里面，连画面都是一个男人当了新郎就出车祸了。可是我老公非要喜欢这首歌，看来这真的是一种命。"

我觉得袁老师仍然没有切入正题，我相信她这次来咨询的话题应该不是以她去世的老公为主题，她不过是情不自禁地提到他。当然，我对她表示理解，他们夫妻之间的感情可能实在是太深了。

我把她往回拉："您刚才说，您已经接受您先生去世的事实，开始安排好自己的生活了？"

"是的。我现在每天下了班，就去公园跳广场舞。我的儿子也经常打电话回来跟我聊聊天，他在美国生活、学习都很好，打算一毕业就回来陪我。总之，一切都还好，我觉得自己重新找到了生活的乐趣。"

"嗯，这样挺好的。那，还有什么事情会困扰您呢？也就是说，是什么事情让您想起来找心理咨询师呢？"

她突然变得有些脸红，然后，她慢慢说："我跳广场舞的时候，认识了一个比我大四五岁的男人，他向我求婚。我们各方面的条件都还般配，他的情况是他的女儿去了英国，他老婆跟他离了婚，也跑到英国去了。我现在有些发愁的是，我到底要不要跟他结婚。"

绕了好半天，这下我总算明白她来咨询的意图了。

我说："您自己是怎么想的呢？"

"说实话，我以前从来没想过这辈子还可能跟别人结婚。我的头脑、心灵，都被我的老公完全占据了，我没想过要去接受任何人。可是现在，不管是我儿子，还是我身边的亲戚、朋友，都开始劝我，他们说单身的老年人遇到一个合适的伴不容易，让我还是要考虑这个不错的人选，我就开始犹豫起来。"

"您是说您以前从没想过接受别人，现在出现一个人让您开始有些犹豫，也就是说，您还是想考虑尝试着接受这个人。"

"对对，何老师，'尝试'这个词用得很好，我是想尝试一下，但仅仅是尝试。"

"这没什么不好啊。您知道，现在年轻人都流行试婚，盲目跟一个人结婚，不知道到底适不适合，就先试一试，这也是一种选择。"

"这恐怕不行吧？"袁老师简直要跳起来，"试婚？我年纪都一大把了，像年轻人那样去做，那怎么行？那还不让人家笑话。"

我说："看来您只是说尝试接近这个人，而不是尝试跟他有婚姻生活。"

她说："是的，我只是尝试着接近他，我还没想过要结婚。"

她慢慢平静下来，继续说："如果再结婚，我心里对我老公会有愧疚感，觉得自己对不起他。其实他去世之前，说过要我再找个人来照顾自己，他才放心。"

我这才接口："我非常理解您的感受。您刚才提到了两个问题，一是怕别人笑话；二是担心自己对不起老公，是吗？第一个问题，您觉得是担心别人笑话更重要，还是您自己感觉幸福更重要？何况，别人怎么看您，那是别人的事。"

她点点头，表示自己在听，不说话。

我接着说："关于第二个问题，您觉得，要怎样做，才算对得起您的老公呢？您老公在世的时候，他做的一切，都是为了让您开心。也就是说，现在您要做的就是，想办法让自己活得健康快乐一些，那就对了。"

她叹息一声，说："何老师，其实到这里来以前，我自己心里已经有某种倾向，现在跟您聊一阵之后，把自己的思路整理清楚，我就更明白我自己的想法了。以前我根本没想过会有什么新的开始，然而现在，我觉得不应该轻易放弃一个新的机会，但我也不会盲目让自己陷入什么太尴尬的地步。我会非常谨慎地跟那个人相处。"

就在这时候，我的手机收到方心怡的短信："何老师，明天下午三点我们见面好吗？我要向您坦白我心底的一个秘密，跟我的导师有关的秘密。我还有许多问题要问你。"

这条短信让我的心狂跳起来。方心怡，难道真是林云漠的情人？

怪不得我不联系林云漠，他也就不理我。我们已经快一个星期彼此没有消息了。这个人，好薄情啊！

Chapter 25

方心怡：暗恋之中的秘密

　　"梦瑶老师，我要先告诉你前天晚上我做的一个梦，正是这个梦让我决定今天来见你。"方心怡在咨询室一坐定，就急切地开了口。

　　这么巧？我前两天所做的那个非常清晰的关于桥的梦，就是因为方心怡引起的。那么，她的梦又是因谁而起的呢？我特别留神地听起来。

　　"我梦见我在一片草地上，然后，突然有许多球朝我滚过来。我很开心，拿起其中的几个开始玩。奇怪的事情发生了，有两个白色的球先后出现在空中，而且，它们居然朝我砸过来。我受伤了，然后就醒了。"

　　单单听这个梦本身，会让人不知所云。而做梦的人对梦所做的自由联想，才是重要而有意义的。我微笑着点点头说："这个梦很特别，你自己觉得它代表什么意思呢？"

　　她叹口气说："我当然知道它代表什么，而且，这世界上，也只有我才知道它代表什么。但是关于这个梦，我要等下才告诉你，我现在想先跟你说说跟林云漠导师有关的事情。"

我感觉到自己的心猛地跳了一下。

她望着我，犹豫地问："梦瑶老师，你能不能够做一个这样的承诺，不把我对你说的关于他的事情告诉他？"

保密是心理咨询的第一原则，如果换上平常，我会毫不犹豫地做出承诺。可是，我不知道方心怡究竟要告诉我什么事，而且既然这件事跟林云漠有关，我无法确定是不是一定能够保密——也许有的时候，出于某种必需的原因，不得不把一些事情告诉他。

我于是说："我觉得这件事需要你自己考虑好。一般情况下，我是必须要为来访者保密的，可是，目前情形有些特殊，你知道林云漠是我的师兄，你又是他以前的得意门生，而且我不知道你要说的究竟是什么事，所以，我暂时无法对你做出承诺。我只能说，一般情况下，我会为你保密。但是如果有什么特殊情况说出来对他更有利，对你们都更好，我会考虑把它说出来。所以，你可以决定不告诉我。"

话刚出口，我就有些恨自己。何梦瑶啊何梦瑶，你不是很想知道她和林云漠的事吗？关键时刻，你怎么又把她往外推呢？职业精神，真有那么重要吗？

我懊丧得不行，可是我知道，即使让我重新选择，我还是会这么说。我绝不会表面上承诺替她保密，然后一转身又去告诉林云漠，这不符合我的行为规范，这种事我做不出来。像我这样的人，活得真累。

方心怡想了想，开口说："我还是决定告诉你，不过，根据我们最开始就约定的对等原则，恐怕您也要告诉我一些发生在您身上的相关的事情。"

实在不喜欢这样被人牵制，我尽力让自己不要皱眉，掩饰地低头喝茶。

方心怡叹息着说："这一两年来，我无可救药地暗恋着林云漠。"

哦，只是她暗恋林云漠？那林云漠对她的态度呢？她到底是不是林云漠的情人？听着方心怡的话，我的脑筋飞快地转动起来。

"暗恋的滋味，真的好苦。我每天神经兮兮地想着他，他给我们上课的时候，我老是走神，一下课，我就到他可能出现的地方想见到他。我以前给他发许多短信，他刚开始还给我回复，可是后来，老是不理我，我痛苦得要死。"

她叹气，然后突然问："何老师，你呢？你以前暗恋过什么人吗？"

我松了口气，还好，她只是问我是否暗恋过别人。如果她问我是不是也爱林云漠，那就麻烦了。

我笑笑说："在学生时代，我也暗恋过自己的老师吧。只是，那时候，我只是悄悄喜欢老师，没觉得有太多痛苦。"

"那是因为你没有真正爱上你的老师，如果你真的爱，就一定会有痛苦。"

爱情确实容易带来痛苦，因为陷入爱情中的人和自我的联结是深层次的，会看到自己的一切需索，会发现自己最脆弱的部分；但是对于真正成熟的人来说，爱情，更多地意味着幸福。对于她的话，我不置可否，等着她继续说下去。

她说："现在可以回到刚才的那个梦了。我知道那个梦的意思，那些朝我滚过来的球代表喜欢我的男人，而天空中那两只白色的球，一个代表我以前的一个高中同学，也是我暗恋他，可是他的感情受过伤害，他才五岁他的妈妈就跟别的男人跑了，所以他讨厌女人，自然也就不喜欢我，或者，也许喜欢我，却害怕我不是真心对他；另外一个白球就是代表林老师。其实很多人喜欢我，很多人追求我，可是非常奇怪，那些追我的人我没一个上心的，而我喜欢的人却并不爱我。我最后被他们两个人伤害，我不知道为什么会这样。这个梦就是这个意思。"

她居然是这样解释这个梦！真是匪夷所思，但是我知道她是对的。

"梦瑶老师，我刚才希望你承诺保密的事情现在还没说出来，我曾经做过一件对不起林老师的事，他一直不知道这件事情的真相。我现在决定把这件事告诉你，但是请你尽量为我保密，我相信你会的，对吗？"

我又有些意外，我实在无法想象这个外表清秀可人的女孩子，会做出什么对不起林云漠的事情来。

"这件事情，我现在都不怎么好意思说出口。可是，既然我来做心理咨询，我就决定诚实地把它说出来。"

方心怡边说边使劲绞自己的手指头，两只手扭在一起，显示她内心非常不安。

"一天晚上，我过生日，请我们研究生班全体同学和林老师一起喝酒。我特意跟林老师说了，要他不要开车，坐出租车过来，因为要给我庆祝生日；同时，我跟全班同学也说好，今天目标只有一个，就是要把林老师灌醉。那天晚上，我们先喝白酒，然后喝红酒，最后再喝啤酒，硬是把林老师给灌醉了。然后，我主动要求送林老师回去，因为是我的原因把他弄醉的。结果，我根本没送他回家，而是把他送到宾馆里，开了间房。然后，大概晚上十二点多，我又用林老师的手机给林师母发了条短信:今晚醉酒,不回家,然后就把他的手机关了。"

说到这里,方心怡停止绞手,开始用手抚弄自己的长发。

"林老师醉得很厉害,喊他、摇他,都没醒。我先给他洗了个脸,然后把他身上所有的衣服通通脱光,用热毛巾给他擦遍全身。我自己也一样,然后,我就抱着他睡,那天我也喝了不少酒,做这些事也都是乘着酒兴完成的。如果是正常状态,我肯定不会这样做,完全不可能这样做。当时虽然我没醉,但在酒精作用下,也很容易睡着了。半夜里我醒来了一次,他仍然睡得很沉。直到第二天早晨,当我睁开眼睛,发现他已经穿好衣服,正坐在床边,面对着我,拼命抽烟。"

方心怡说到这里,脸上居然露出得意的笑容。

"我猜他肯定是完全想不起来前一天晚上究竟发生了什么事,于是,我决定将错就错,赶紧也把自己的衣服穿好,然后,我安慰他说:'林老师,你放心好了,我不会要你负责的,一切都是我自己愿意的。'其实前一天晚上什么也没发生,但我故意用这样的话表示发生了什么,之所以这样,我是希望他能够因此爱上我,对我负责。

"可是,他叹了口气说: '唉,真没想到我会醉得什么都不知道,以后再也不能喝醉酒了。方心怡,你是个非常聪明的学生,希望你能努力学习,别把心思浪费在我这里,我是个不解风情的人,我也没资格去爱你。希望昨天晚上发生的一切,不会伤害你。我真的很抱歉,我绝对不是有意要这样的。'"

我承认方心怡学林云漠说话,学得惟妙惟肖,我简直要笑出声来,可我拼命忍住了。她没有觉察,自顾往下说: "我以为发生了这件事,林老师会对我好一点儿,可是没想到,他仍然不理我。后来,他就调走了,我接触他的机会就少了。不久前,我发短信告诉他我已经得了抑郁症，他说他帮我找个心理咨询师，就这样，我认识了你。"

方心怡讲的这件事让我大大松了口气，原来林云漠和她之间其实没什么感情纠缠，只是她暗恋他而已。

我也明白了林云漠为什么会给她交心理咨询费，大概林云漠真的以为自己那天晚上喝醉酒欺负了方心怡，所以对她充满歉疚，听说她有抑郁症，于是主动为她交了心理咨询费。

我是真的忍不住要笑。千万别小看女人，看，聪明一世如林云漠，居然被一个小女生给糊弄了。我决定这两天约他见个面。当然，这件事，我不会提，就让它永远成为秘密吧！这不仅仅是我的职业操守问题，如果把真相说出来，林云漠也会觉得自己很丢脸的。

我问方心怡："通过这两次讨论，你觉得你为自己的抑郁症找到根源了吗？"

方心怡说："我觉得我刚开始跟你讲的那个梦已经告诉我答案了，我抑郁症的根源就是因为曾经被两个我爱却不爱我的男人拒绝。"

"其实他们并不是拒绝你。也许恰恰相反，他们是在爱护你，因为不能给你那些你想要的东西，所以他们只好远离你，你自己觉得呢？"

方心怡若有所思。

找到心结，一切就好办了。

如何治疗抑郁症状，我有的是办法。

这次咨询解开了方心怡和林云漠之间关系的疑云，送走方心怡，我给林云漠发短信："这两天，如果你有空，我要带你去一个美妙的地方。最好是夜晚。"

Chapter 26

杨洋：带来一个惊喜

　　林云漠说今天晚上他会安排时间，和我一起去看看我提到的美妙地方，他说他的好奇心被激发出来了。

　　上午九点五十五分，我坐在心理咨询室里，好不容易把晚上可以见到林云漠的喜悦收藏起来，开始揣测杨洋究竟会带给我一个什么样的惊喜——尽管再过五分钟，杨洋就会出现，从而解开这个谜底，可我还是愿意自己猜一猜。

　　这次杨洋隔了半个月才给我发短信要求咨询，并且说要带给我一个惊喜。

　　什么事情才称得上惊喜呢？杨洋找了份好工作？他爸爸给他买了辆新跑车？或者，我突然想起来，难道是他找到了许菲？

　　似乎是为了肯定我的猜想，杨洋到了，而且身边跟着一个斯文清秀、有古典气质的女孩子。

　　杨洋笑着问我："梦瑶老师，你猜猜这位美女是谁？"

　　我假装笑着摇摇头说："猜不到，你没有给我线索。"心理咨询师有时候需要狡猾一点儿。如果我贸然说出许菲的名字，并不是一件好事，万一我猜错了呢？将是何等尴尬？

"梦瑶老师，您好，这些天我一直听杨洋说起您，所以，我也决定和杨洋一起来看看您。我叫许菲。"

女孩子脸上有些许羞涩，说出来的话却落落大方。

果然是许菲。我很想知道杨洋是怎么找到她的，却又觉得不方便问。

"你好，许菲，我也听杨洋很多次说起过你。"

"梦瑶老师，我这次找许菲找得好苦呢！我跟我爸爸把事情的前因后果都讲清楚了，我爸爸也支持我去找她。然后，我自己只知道她以前做事的公司，没太多其他线索，于是我干脆跑到律师事务所去，找律师帮我办这件事。我承诺，只要找到许菲，所有的费用我自己承担，还另外付十万元律师费。结果那个律师有个朋友是公安系统管户籍的，一个星期不到，就把许菲找到了。我好不容易找到许菲家里去，刚开始，她根本不肯跟我来。"杨洋边说边满脸笑容地望着许菲。

许菲有些不好意思，低着头。

"是吗？许菲刚开始不肯跟你走？"我饶有兴趣地问。

杨洋指着许菲："不信你问她。"

我微笑着望向许菲。

许菲仍然没有抬头，但她的脸上带着笑。她略略偏开头想了想，然后对我说："其实这不能怪我，要怪就怪杨洋，他真的是太孩子气了。以前那些事，我估计他自己都跟你说了，我那时候真的是伤透了心，哪有这么不负责任的男人？"

"好，既然那是过去的事情，而且他自己也知道错了，我们就放他一马好了。至少这次杨洋找到你，表现还不错吧？"我马上息事宁人。

"唉，什么不错啊！这次我爸爸妈妈见到他，也都说他像个小孩子。讲件小事情吧，您可别笑啊！我们家有一个院子，里面种了几棵无花果，这段时间，无花果正好陆续熟了。不过，那几棵无花果也怪，它的果实每天只熟十几颗，平常还是青涩的，熟了的那十几颗会突然膨胀，然后变成紫色。这时候，那些鸟呀、鸡呀就会去啄食熟了的无花果。杨洋尝了一颗，很喜欢无花果的味道，你猜他怎么办？第二天，他就搬条凳子，守在树下，有鸟来有鸡来，他就赶走它们，因为他自己想吃。你看，哪个大人会这样去做事情？"

许菲边说边忍不住掩嘴笑了起来。

我笑道："这就是一种童趣了。其实，人和人真的不一样，有的人，他懂事确实懂得晚一些，如果你爱上这个人，就要学会宽恕和怜悯。只要他学会对你负责，在这样的前提下，保持一颗童心，倒也不算坏事。我们有好多艺术家，不是也七八十岁了还天真得像个孩子吗？"

许菲突然收敛起笑容，她认真地说："梦瑶老师，其实我今天跟杨洋来，一方面，我确实是对您很好奇，想看看您；另一方面，我还有一件非常重要的事情。我想知道，杨洋真的可靠吗？我跟他在一起，会有好结果吗？说实话，他以前的表现，真的让我有些后怕。"

杨洋的脸蓦地涨红了。

我问许菲："如果你想探讨这个话题，需不需要杨洋回避一下呢？"

许菲犹豫地望着杨洋，看来她还是非常在意他的感受的。

杨洋看看她，再看看我，说："要不，我还是回避一下吧。许菲，我到外面去等你。"他转身要走，然后又回头对许菲说，"菲菲，你放心，现在的我，已经不是以前那个我，你要对我有信心。"

"梦瑶老师，虽然我跟杨洋回来了，但是说实话，我还是很担心的。你看，我生病住院，他人就跑了；我怀孕，他又不见了。这样的男人，怎么可以托付终生啊？"

"我非常理解你的感受，当初是什么让你决定跟杨洋谈恋爱呢？"

"那时候我觉得他这个人很纯真，也挺讲义气的。我说两件小事给您听，有一次，我们一起去喝酒，在路上，一个乡下来的妇人缠住我们，说她的钱包被偷了，回不了家，希望我们给她一点儿路费。这年头，骗子太多了，我们就觉得她肯定也是个骗子，都不想理她。可是杨洋却拿出一百块钱给了那个女人，当时我看了挺感动的。第二件事，我们当中有个人的阿姨得了癌症，缺钱治病，我们都只是象征性的拿个几百块钱，但是杨洋却找他爸爸要钱，给了那个朋友一万块。所以我觉得，他其实是个仗义疏财的人，而且心地很善良。可是没想到，等我遇到麻烦，他却一走了之，太过分了，也太让人无法理解了。他对朋友、对一个乞丐都可以那么好，怎么可以对我那么无情那么不负责任呢？"

"你问过他为什么要那么对你吗？"

"这次他找到我，我问了他。他说是因为他自己也不知道该怎么办，所以只好逃避。他还说等他下定决心来面对，我却没给他机会。"

"杨洋的经历，想来你是知道的吧？"

"您是指他妈妈的事吧？我知道，他才八岁，他妈妈就自杀了。"

"是的。你是怎么解释杨洋关键时刻不管你的做法呢？"

"我就觉得他还没长大，像个孩子，不负责任。"

"这是一种解释。"

"梦瑶老师，还有什么其他的解释？"

"那时候，可能他内心有些结还没解开，等下我们可以再问问他。"

许菲反复问我，杨洋是不是有什么人格障碍。我回答说："如果一定要用人格障碍来解释的话，杨洋可以算是一种依赖型人格障碍。这种人格障碍的特征是非常依赖，不能独立解决问题，怕被人遗弃，常常感到自己很无助，而且缺乏精力。"

"那怎么办呢？他还能变好吗？"

"他不是已经在变好吗？你想，他想了一些办法找到你，而且，跟你承诺不会再像以前那样，不就是在好转吗？"

"杨洋，你快进来。"许菲突然扬声对外喊道。

杨洋进来了，脸上的表情有些紧张。

"杨洋，那两次，你为什么要当逃兵，不管我？"许菲一副兴师问罪的样子。

杨洋不好意思地说："我已经告诉你了呀，当时我自己也不知道该怎么办，所以就只好躲开。我只想找到一个安静的地方，或者一个忘记这些事情的地方，什么都不要去想。"

"那如果以后又发生一些你不知道该怎么办的事，你是不是又会一走了之？"

"菲菲，请你相信我，我再也不会这样做了。不管将来遇到什么事情，我都会和你一起去面对。不过，菲菲，你也要承诺，无论如何，你不能抛弃我。我很怕你会怪我，会离开我或者抛弃我，我发现我不能没有你。这段时间，我想得很清楚了。"

他们拥抱在一起，像一对连体人。

杨洋说："菲菲，我们这辈子，谁都不要离开谁，好吗？"

我看在眼里，心中却毫无喜悦的感觉。这不是什么皆大欢喜的结局，因为这说明，杨洋的内心，依然是非常依赖的。他总要和别人在一起，才有自我存在感，他不想独自去面对什么事情。他必须日渐独立起来。

可是，一个人要做到完全不依赖，有多么难。

我的精神，不也是在试图依赖林云漠吗？

幸亏晚上就能见到他。

Chapter 27

林云漠：不依恋他人

    没想到天公如此不作美，下午开始，就急剧降温了，而且下起了小雨。

    早上出门的时候，我穿着一件白色的短袖西装外套，配一条五彩斑斓、长及膝盖的裙子——这条裙子上印着大朵大朵鲜花，颜色又鲜艳又雅致，是我在一家台湾品牌店里一眼相中的。短外套与之相配，价格不菲，它们是我目前最喜爱的服装之一，因为想着晚上要见林云漠，所以我特意穿上这套新衣服——同时想起"锦衣夜行"这个成语，不禁一笑。

    下午一变天，我只好到公司写字楼下的韩国品牌专卖店里买了件浅紫色的风衣——我以前其实对穿着打扮并不讲究，也许，现在发生如此大的改变是因为心里装着林云漠吧！不记得谁说过，一个人的装扮和他的内心往往是对应的。内心精彩的人，才愿意把自己的外表也打理得很有吸引力。心中有爱，就会精彩。

　　林云漠晚上有个不能推脱的应酬，要和一位省领导一起陪新加坡客人吃饭。他估计吃完饭之后来找我，可能要到八点左右。

　　接近八点的时候，我一个人先到桂花公园去等他——我说的美妙地方就是公园里这片桂花林，这是我前些日子和朋友来散步的时候发现的。当时桂花香得让我恨不能一直守在那里，不想移开一步。

　　由于天气突变，林子里空无一人。而且，因为下了一场雨，桂花的香味也不如平常那么浓烈，但仍然是香的。

　　即使穿着风衣，我仍然觉得冷，但一阵阵随风送来的让人沉醉的花香，使我丝毫也不后悔自己的举动。我想，忙碌如林云漠，一定很久没有好好闻过桂花的芳香。即使冒着寒风，来呼吸这醉人的香味，也是值得的。

　　我拿出餐巾纸把两条石凳细细擦过，然后坐下来，就在这一刻，我突然觉得自己心底有深深的痛苦。

　　这痛苦究竟是什么？是因为觉得林云漠不够在意我，所以就痛苦吗？为什么我那么需要他在意我？为什么我总想在这世上找到一个人，我和他彼此相知相爱、不离不弃、互相牵挂？即使找到了，就会永远不痛苦了吗？

　　事实上，如果找到这样一个自己认同的人，处理好两个人之间的关系，是可以让彼此的心灵得到滋养的。如果觉得痛苦，说明两人的相处有问题。事实上，我非常珍惜林云漠，却觉得他不够在意我。如果觉得不被自己重视的人重视，不被自己珍惜的人珍惜，是会有挫折感的。

　　我跟林云漠之间不是有约定吗？我们不是认为找到了一个可以成

为灵魂伴侣、精神支柱的人吗？为什么还是觉得痛苦？

我轻轻叹息一声。其实我明白，人只要活着，就不可能没有痛苦。痛苦和快乐，犹如白天和黑夜，它们是并存的，或者是此消彼长的，就看自己怎么去面对。

我的手机响了。

林云漠问我在哪里，我告诉他地址。

就在这一刻，我心里产生了一个疯狂的念头，我想要离开他，我的心不想再牵挂他。对于我这样一个人来说，我本来其实是个比较被动的人，却又渴望积极的心灵交往——与心爱的人保持灵魂交流是我生命的动力，而林云漠比我更被动，如果我们之间不加以调节，我会很容易陷入觉得自己不被重视的痛苦。所以，也许离开是更好的选择。

我不知道为什么这个念头来得那么突然。而且它一旦产生，似乎变得越来越坚决，牢不可破。

为什么？我问自己。

因为我觉得我和他之间不平等，他并不爱我，我们之间的交往不能够拿到太阳底下。而且，他的成长历程决定了，他是一个不会爱上任何人的人，他更醉心于他的事业。目前的情况下，他只能爱他自己。我这样回答我内心的问题。

我的血液变得像这深秋雨夜里的风一样冷。

当林云漠走近我，开始拥抱我的时候，我淡淡地把他推开。他有些意外，但很快释然，在我指给他的石凳上坐下来。

他深深呼吸了一下，说："好香啊！果然是个非常美妙的地方。"

我看着他，心里悲哀地想："我和他太不一样了。我想找个人好好相爱，可是，他不会真心爱上什么人。他喜欢独立，而我却喜欢纠缠，心灵交缠。"

他笑着对我说："怎么，像对待一个仇人一样瞪着我？"

我勉强笑笑说："没有吧？不至于吧？"

他关心地问起方心怡的情况，我淡淡地说："她还好，已经找到了自己抑郁的根源。我和她一起努力，她应该慢慢会康复的。"

其实我很想说，方心怡的抑郁症，也是因为他引起的，只不过是，"我不杀伯仁，伯仁因我而死"，可我终究没这么说。

他说："方心怡是一个很优秀的女孩子。"

我说："是啊，她确实很优秀。不过，我很好奇，既然你觉得她很好，她还那么主动地追过你，为什么你不接受她？"

"我承认我对她有点儿动心，可是你知道，我是个理性的人，而且不想惹麻烦。方心怡的性格很要强，做事很执着，我不知道跟她走得太近，会是什么结果，我不会去做没有把握的事。"

我的心突然变冷了，我忍不住带着讽刺的语气说："我是不是可以这样理解，你之所以接受我，是因为你吃定了我不会给你带来麻烦，不会给你添乱，对吗？"

他皱着眉头盯住我说："梦瑶，你不该怀疑我的诚意。人与人之间的感觉，有时候是难以言说的。我觉得在我们这个年龄段，过于强调爱情是一件不够理性的事情。可是你知道，我对你，是诚心诚意的。"

我们都沉默下来，冷风依然一阵接着一阵。

一两粒桂花落下来，粘在我的头发上。

　　我缓缓说："云漠，我决定要违约了，我们之间不可能存在什么真正的完美关系，我们还是分手算了。"

　　他有些吃惊，急问："为什么？"

　　"因为，你并不真的关心我，也没那么喜欢我。你看，平常我不给你发短信，你就很少主动联系我。"

　　"那是因为我很忙啊！"

　　"忙，只是借口。再忙，不可能发短信的时间都没有。真正的原因是，其实你不在意我。"

　　"真的不是不在意你。一是忙；二是，我有顾虑。可能你不知道，政府机构主要工作人员，手机是受监控的。"

　　我知道手机里没有真正的秘密。现在科技那么发达，社会上一些信息技术机构只要复制一张卡，就可以截获进出这个卡号的所有电话和短信。我之所以知道这个情况，是因为一些来咨询的人已经这么做过。他们想了解一个人的行踪，比如想知道自己的另一半是不是有外遇，就给这样的技术机构交几千块钱，所有信息一目了然。

　　我想，如果我和他没有任何暧昧成分，而是坦荡的朋友关系，就用不着有这样的顾虑。我所说的离开他，只是希望重建我和他之间的关系，让我和他之间的友谊可以建立在阳光下——我们本来就没有太多不能见光的地方。既然两人并没有真正的亲密关系，又何必要遮遮掩掩呢？当然，这样一来，把我和他之间可能有的暧昧状态一去除，那么，我们之间的吸引力恐怕就会荡然无存了。我们会成为真正的仅仅保持普通关系的熟人——甚至可能一辈子都不会单独再见面。

　　想到这里，我叹息。

林云漠说："可能我们的追求不一样。我知道你是希望建立一种彼此融合、彼此占有的强烈的依恋关系，可我却觉得，亲密关系，一样可以是非常独立的。"

这个人，他不需要依恋。

突然想起前些天看过的一句话："心理健康而成熟的自我实现者，有意无意地不再依恋他人。人越往高处走，必然越单独。"

林云漠毫无疑问是心理健康而成熟的，他也是自我实现的，因为他已算得上功成名就，所以他有意无意地不再依恋他人；而我呢，心理不够健康，不够成熟，目前也没能自我实现，所以，我对依恋仍然有深深的渴望。既然和他之间不是真正的依恋关系，那么，我宁愿打破这一切，宁愿只是他的普通朋友，甚至，彼此只是熟人。

"梦瑶，你可知道为什么我要提出在我们之间建立一种非同寻常的关系？"

我记得这个问题他问过我，他自己也回答过。他是说因为他喜欢我，因为我出现的时机刚好合适。

我不语。

他继续说："其实，我之所以想这么做，一方面，是因为我确实是喜欢你的；另一方面，可能我从来没有告诉过你，我第一次看到你的时候，就发现你面带忧郁，让我非常怜惜。我认为你需要帮助，而我认为自己恰好是那个能够帮助你、也愿意帮助你的人。可是，如果我们之间的这种联结不但不能够帮助你，反倒让你陷入痛苦和纠缠，那么，我同意你的决定，我们之间，可以只是普通朋友。"

我的心尖锐地痛起来。

这个男人，果然够无情。不是说不离不弃吗？为什么我一表示要离开，他马上就同意呢？其实如果他能够耐心地开导我，挽留我，我并不是一定要离开。我只是试图用离开这种方式，探测我和他之间感情的强度和深度，结果我们之间的联结如此不堪一击。

我只能庆幸自己还没有深深爱上他。

不然，如果飞蛾扑火一般扑上去，不遍体鳞伤才怪。

我是个容易走极端的人。要么，刻骨铭心地爱一场，可以不要婚姻，可以保留底线，但，要爱得真诚、热烈；要么，无所谓爱，彼此只是熟人，甚至是陌生人。

事实上，我觉得林云漠是我好不容易遇到的我非常欣赏的一个人，是我了解自己并认识这个世界的一个新的门户，如果不是因为觉得痛苦，我不会放下他。可是，一觉得痛，就放开，也许并不是正确的选择。然而这一刻，我是真的想离开。

云漠云漠，也许，我们终究无缘。

我深深看他一眼，什么也不说，缓缓转身走开。

林云漠有些受伤地低声说："梦瑶，你确定你想好了吗？"

我停下脚步，淡淡回答："是的，我想好了。"然后我继续走。

幸亏，对这段感情，我没有抱太多幻想。从一开始，我就只希望林云漠是我假想的情人。现在，我希望我终于能够看破红尘，像许多麻木的人那样，过一天算一天。或者，我也可以像林云漠那样，把所有的激情投入到事业当中去，投入到我的心理咨询和写作当中去，再不要在爱情这个领域耗费我的精力。

我的春天，老早就过去了，哪里还会有花朵呢？我边走边在夜色中流下泪来。

"伟大的何老师，真没想到，你是个道貌岸然的伪君子！明天下午三点，我会到咨询室来找你。"

刚回到家，方心怡这条短信差点儿没让我晕倒，我完全不知道她是什么意思，也不知道她所指的究竟是什么。

我气愤得不行，冲动地想打电话质问她，把她骂一顿；或者，回个短信，问她什么意思。

可我没力气做出任何反应，跟林云漠的分手耗尽了我的力气。我本来是幻想要把他当作假想的情人，一生牵手走下去，可现在，这幻想很轻易就破灭了。

豆豆已经睡了，林超群在书房里上网，我对他说了声："我好累，先睡了。"然后倒在床上，闭上眼睛，我知道自己整夜不会有睡眠，但至少还是可以休息。

只能休息，静静地等待时间带来答案。

Chapter 28

疗愈你内心的伤痛

　　梅玲上午在公司主持一场心理沙龙，主题是：疗愈你内心的伤痛。

　　我明白自己需要疗愈，疗愈跟林云漠分离带来的伤痛；不然，下午我根本无法面对方心怡。但我却不得不面对她，毕竟，林云漠已经为她支付了半年的心理咨询费。何况，我也想搞清楚究竟是什么事情让她突然间跟我反目成仇。

　　我在十几个参与者当中一眼看到了唐艺馨，她戴了副大得夸张的墨镜，对我做了个 OK 的手势，算是打过招呼。我发现她面容有些憔悴。唐艺馨经常登录公司网站，公司里有什么活动，她都很清楚。参与者当中有的人已经认识她，见怪不怪；有的人还不知道她是电视台当红女主播，只是觉得她很神秘，偶尔会看她几眼。如果不是因为心里有太严重的纠结，唐艺馨是不会参加这样的活动的。

　　看来，太多的人内心有伤，需要疗愈。

　　梅玲首先指导所有的参与者做一种抖动身体的运动，算是热身活动，然后自我介绍，大家彼此打打招呼。她非常注意保护参与者的隐私，所有的人既可以用自己生活中的真名，也可以临时给自己想一个代用的名字。唐艺馨这次给自己取的名字是：风中之烛。而我就用自己的本名，因为大部分人都认识我。

终于进入不受打扰的自由联想环节。我们全都闭目，深深地呼吸。每个参与者都很专注，房间里鸦雀无声。

我问自己的内心：为何你会受到林云漠的吸引？

我的内心回答：因为他身上有一些我渴望而我自己并不具备的东西，他在学术上很成功，能写出非常优秀的论文，是一名博士生导师；而且，他又进入了这个国家的权力核心，我非常仰慕他；还因为，我感觉到了他对我的喜欢；另外，我一直渴望和一个人建立真正的亲密关系，彼此依恋、互相爱慕，当他出现的时候，我觉得他应该是合适的人选，所以，我深深受到他的吸引。

我再问自己：那你又为何要离开他？

我回答：因为我觉得他对我是不用心的，至少不够用心。我在他心里没有分量，我不喜欢这种感觉。我喜欢和人相爱，彼此重视和珍惜。既然不是这样，不如离开。

我又问：既然是你自己做出离开的决定，为什么又要觉得痛苦呢？这痛苦是什么？

我回答自己：这痛苦是，求之不得。这世界上有许多东西，不是你想得到就可以得到的。

我再问：既然你明知自己得不到，不是就可以干脆放下吗？

我答：我是可以放下，但有些不舍，而且，也要一个过程。

于是我告诉自己：既然知道要一个过程，那就好好跟这个过程相处吧！心如果要痛，就让它痛一痛吧！内心的痛苦，有时候是一种高贵的情绪和情感，说明这个人的内心并不麻木，对生活依然有追求，痛苦可以让自己对于生命和生活的理解更为深刻。

我再深深地呼吸，觉得心里痛楚的感觉舒缓了很多。

我缓缓睁开眼睛，环顾四周，发现唐艺馨满脸泪水。我怜惜地注视她，轻轻叹息一声。

自由联想环节结束，梅玲要求我们用十分钟时间每人画一幅画，然后，用简单的语言讲述这幅画。既可以讲述真实的内容，也可以抽象概括，甚至可以虚拟事件和情节。

我画了两棵桂花树，一片草地——桂花林是我和林云漠分手的地方。

解释这幅画的时候，我说："我表达的是一种离别的情绪。我的一个朋友，去了国外，也许这辈子都很难再见一面。"——我决定不透露实情，只选择一种虚构的、类似的场景。因为我的身份也是特殊的，基本上每个人都知道我也是这个工作室的心理咨询师。心理咨询师有时候要懂得给自己戴上盔甲。

梅玲问我："为什么是两棵树？而且，你仔细看，这两棵树是有界限的，它们虽然长在一起，却并没有很好融合。"

我知道这就是我的问题——渴望亲密的两性关系，而现实生活中，我却没处理好这种关系。跟老公，只是凑合过日子，不亲密；好不容易遇到林云漠，现在又分手了。总之，我和别人，要么，是分离；要么，即使在一起，也并非心有灵犀，彼此相通。为什么会这样？我还需要继续分析自己，修炼自己。

　　唐艺馨画的是一朵掉在尘埃中的花苞。她还给花苞画上了眼睛，是闭着的，那双眼睛还有长长的睫毛。

　　我忍不住揣测，这幅画，是什么意思？

　　花苞、紧闭的双眼、坠落于尘埃。难道说，唐艺馨，已经把胎儿打掉了？

　　我赶紧转开视线，望着梅玲，我简直有些讨厌自己的过度敏感。

　　梅玲望着唐艺馨，微笑着问："这位名叫'风中之烛'的美女，你这幅画是什么意思呢？愿意跟我们分享吗？如果不愿意，你可以选择不回答我的问题。"

　　唐艺馨早已悄悄拭去脸上的泪水，缓缓地说："这幅画，代表我失去的一些东西，也代表一种痛苦，还代表我的祝福和祈祷。"

　　顿了顿，唐艺馨继续说："原谅我不想说得太详细，我把我的许多种情绪，都藏在这幅画里。我刚才用心画画的时候，我的内心情绪已经有所平衡，这些情绪当中，有内疚、痛苦、祝福、祈祷。我希望所有我失去的一切，都有美好的归依。"

　　梅玲问："那么，你希望怎么处理这幅画呢？是保存，还是用其他的方式？"

　　唐艺馨说："我想让它火化，凤凰就是在火中涅槃。"

　　于是有参加沙龙的男士拿出打火机递给唐艺馨，唐艺馨神情庄重，把那幅画点燃。火光中，她的泪水从墨镜里滑落，令人动容。

沙龙结束，唐艺馨和我一起来到我的办公室，她问："梦瑶姐，你现在有时间吗？我想请你出去一起吃饭。"

我犹豫一下，看看表，已是十一点半，于是说："现在倒是没什么事，不过，我下午三点有个咨询。"

"那没关系，我们就在楼下找个饭店，你吃完饭就回来。"

我知道唐艺馨可能有话要对我说，她一直希望跟我是非常密切的朋友，而不想建立太正式的咨询关系。

我其实很想就在公司叫个套餐，那样，我中午就可以有时间休息一下。可是，我知道唐艺馨现在很可能非常需要我，于是我答应跟她一起出去。

"梦瑶姐，你可能会骂我不争气，我现在正式成为那个人的地下情人了。而且，我半个月前才做完人流。我总觉得那胎儿一定是个睫毛很长的漂亮小女孩儿，可惜，我现在不能让她来到这世上。"

服务员上完菜，唐艺馨就这样直奔主题。说完这几句话，她的眼眶又有些湿润，但勉强忍住了泪水。

我望着她，"哦"了一声，表示我还不知道她说的事情，然后，我有点儿拿不准现在该做出什么样的反应。

她很快接着往下说："我其实对当别人的情人真的没一点儿兴趣，可是，那段时间我真是太脆弱了，意外怀孕使得我方寸大乱。那个人表现还不错，并没有临阵脱逃，他说一切可以由我自己来决定，如果我愿意生下孩子，他一定负责任，和我一起抚养这个孩子，只是，他可能没办法给我名分；如果不想生，他会安排好一切，亲自陪我去外地做人流。"

我想，应该是唐艺馨在本地太有名气了，如果贸然去妇产医院，那是很容易被认出来的。所以，他们才说去外地。

"他用实际行动表示了他的诚意，真的陪我去重庆做了人流。之所以选重庆，是因为那里是直辖市，有条件不错的医院，但又不像北京、上海那么繁华，被认出来的风险也小。从重庆回来，他还马上给我买了套别墅。就这样，我心甘情愿成了他的情人。梦瑶姐，你是不是觉得我很可耻？"

"艺馨，为什么要这么说呢？为什么你觉得我会认为你可耻？"

"可能是我自己觉得自己可耻吧！说实话，我并不爱那个人，至少现在还没有爱上他，我是被他的温情和别墅收买了，这里有赤裸裸的财色交易成分。"

"其实，他买别墅给你，也许是因为他真心爱你，愿意用这种方式表达对你的宠爱，还有，也可能有补偿的意思，他可能觉得自己伤害了你，所以尽可能用别的方式给你补偿。当然，你有权利有自己的想法。既然你这么看待自己，为什么不做出符合你自己心愿的选择呢？"

"可能是我经不起物质诱惑吧！"

"看来你拒绝接纳自己的行为，所以你会活得很痛苦。其实面对这样的事情，有很多种处理方式，如果你对现状感到痛苦，你是不是可以考虑选择一种你自己接受的、更好的处理方式呢？"

"我其实想过这个问题。梦瑶姐，你的话点醒了我，我有了一个决定。"

"什么决定？"

"我要把那套别墅卖掉，把电视台的工作辞掉，然后去英国读书，同时看看在国外是否可以有其他的发展，我相信我是有能力做出改变的。"

"这真是你的决定吗？你考虑过这个决定的损失和风险吗？"

"当然考虑过。损失就是离开这个表面看起来无限风光的舞台。说实话，我对当电视台的主持人，已经有些厌倦。而且，就算我自己不厌倦这样的生活，再过一段时间，别人也会厌倦我。电视台，尤其中国的电视台，是一个吃青春饭的地方，你年轻就有资本，一旦你稍微年纪大一点儿，快到三十岁，你的黄金岁月就逝去了。怪不得这一阵子，我老是梦见自己坐飞机去了一个很远的地方，原来，我心里一直是想离开的。对，我真的决定了，重新开始新的生活，我就会接纳自己。"她越说越兴奋，大眼睛里满是光彩。

"开始新生活需要勇气，而且，在不同的地方，不同的情况下，你面对的压力是不一样的。你不要以为你现在有压力，离开这里就没有压力了。其实我们人类只要活着、存在着，就会面临不同类型的生存压力，我希望你真正想清楚。"

"我是真的想清楚了，梦瑶姐，非常感谢你，你真是一语惊醒梦中人。"

唐艺馨居然一口气吃了两小钵米饭，她说她已经好多天没这么好的胃口了。

可是我的胃口却非常一般，因为我不知道下午方心怡来见我，究竟会说出什么话，做出什么事。

但愿她理智一些。

我得提前跟咨询室的工作人员备个底，告诉他们可能下午的这个来访者情绪会很激动。

Chapter 29

方心怡：消解怨恨

我能感觉到方心怡在尽量克制自己。

她紧紧盯着我，从包里拿出几张照片，"啪"地甩到桌上，然后一言不发地坐下来，眼睛始终盯住我不放。

我镇定地望她一眼，什么也不说，然后从容地把目光移向桌上的照片，就在看到照片的一瞬间，我呆住了。

居然是我和林云漠在大街上手拉手的合影！可能拍摄距离比较远，照片有些模糊，但足以认出是我和林云漠，但方心怡怎么可能有这样的照片？

确实有这么一回事，而且那是我唯一一次和林云漠在公开场合露面。某天下午，我一个人在一家名为阅读咖啡的书吧看书，林云漠发来短信："你在干什么？"我回信告诉了他。他立刻打电话过来，说他马上要开一个短会，开完会他就来找我。那一刻，我的心里有满满的幸福的感觉。

我们一起吃完饭，晚上我要到另外一个地方主持一场心理沙龙活动，于是他送我过去。

我们需要到马路对面去搭出租车，要经过一道人行天桥。那天我穿着一条蓝色的旗袍，比较打眼，而林云漠却牵着我的手，当时我还跟他开玩笑："帅哥，你胆子真大啊！光天化日之下，在大街上，敢跟美女手拉手。"

林云漠笑了笑，过了一阵，还是放开了我的手。把我送到，他就回家了。他其实是个很乖的男人，估计从小就是个乖孩子。

此刻看着这张照片，我才猛然觉得，其实，林云漠确实是喜欢我的，至少他曾经喜欢我——我们起初交往那段时间，他确实有些情不自禁。或者，我现在赌气要离开他，也许是错误的。想到这里，我的心又痛了起来，我是不是真的错了？

我叹息一声，一抬头，碰到方心怡的目光，我才猛地意识到自己面临的严峻现实。

我面无表情地问方心怡："你怎么会有这样的照片？"

"你先告诉我，你和林云漠是怎么回事？"方心怡毫不让步。

"难道你不知道我和他是师兄妹吗？这张照片上，是有一次我们十几个朋友聚在一起，但是林云漠喝多酒了，我送他回家。"我飞快地撒了个谎，而且采用反问的语气，尽可能掌握主动权。因为这个真相是我和林云漠之间的隐私，与方心怡无关。

"我知道你是他师妹，可是，你们的关系好得太不一般了吧？"方心怡口气缓和下来，狐疑地盯着我。

"他喝多了酒，跟我拉拉手，有什么不一般呢？这很正常啊！现在该你告诉我了，这张照片是怎么回事？"我开始将她的军。

方心怡突然大哭大叫："你们欺负我！你们合起来欺负我！"

她用力把桌上的烟灰缸砸到地上，然后趴在桌上痛哭起来。

公司里一位男士在门口探了探头，我对他摆摆手，示意他暂时不用管。

咨询室里的地板上铺着地毯，烟灰缸砸在地上，并没有损坏。我瞥一眼烟灰缸，决定让它暂时在地上待着，先不去捡它。

我叹息一声，用无动于衷的样子坐在那里，任由方心怡哭。因为我知道这个时候她不会接受我，如果我去安慰她，以她任性起来的样子，说不定她会像甩烟灰缸那样把我甩得远远的。

我还是小心为妙。

唉，小女孩儿，明明知道那是毒药，为什么还拿了往自己嘴里塞？

过了好一阵，方心怡抬起头来，擦干眼泪，她哽咽着说："好吧！我接受你的解释，我相信你和他没什么特殊的关系。"

小女孩儿！看着她梨花带雨的样子，我简直有些心疼。

我注视着方心怡说："我和林云漠确实是关系很好的师兄妹，是好朋友。话又说回来了，就算我和他真有什么特殊关系，这和你无关，你要清楚这一点。"

方心怡愣了一下，慢慢说："前一段时间，我找人跟踪过他。后来那个人说他拍出来的照片弄丢了，是前几天才重新找了出来，交到了我手里。我一看照片就认出你来，气得要命，我那么信任你，你却把这么重要的事情瞒着我。"

我平静地看着方心怡，没有出声。如果我再强调我和林云漠之间的交往与她无关，恐怕又会刺激她。

方心怡恨恨地说："这段时间我好恨林云漠，我要想个办法报复他！"

晕啊！你爱人家，人家并不爱你，你就要报复他，这是什么逻辑？

这对林云漠不公平，他并没有做错什么，这种恨是有害的。哪怕是对方心怡自己，怀着这样的恨意去生活，也不是一件好事。

我开始后悔答应给方心怡做心理咨询，我确实无法预料这其中有那么复杂的关系。而林云漠之所以选择把方心怡交给我，当然是出于对我的信任，他确信我不可能做出对他不利的事情来。

我长长吸进一口气，现在，我要设法把方心怡心中的怨恨消解掉，但我不知道我能不能做到。

"心怡，你觉得你真的爱你的导师吗？"

"是真的。"

"你为什么会爱他呢？"

"因为他博学多才，很儒雅，而且，他长得像我以前暗恋过的那个中学同学。"

"你又为什么会爱你那个中学同学呢？"

"因为他很酷很帅，非常神秘，功课又好。"

"你是说，你暗恋他，可是他却不爱你？"

"是的吧。他不只是不爱我，他谁也不爱。"

"好吧，先是你的中学同学，然后是你的导师，你明明知道他们不爱你，你又为什么会爱上他们呢？"

"我想知道他们为什么不爱我，难道我不漂亮吗？不优秀吗？"

"谁规定了你漂亮、你优秀，别人就一定要爱你呢？你真的认为你是在爱他们吗？会不会是这样，你仅仅是对于自己想要却又得不到的东西耿耿于怀呢？世界这么大，大部分东西都是我们得不到的。"

"可是，对于那些我不在意的东西，能不能得到有什么关系？但是对于我自己想要的，我总想要去得到。"

"我问你，假如你花几十块钱去买彩票，一心想中头彩，可是结果你却什么也没中，你会痛哭流涕、耿耿于怀吗？"

"不会，因为我知道那是靠运气的事。"

"不错，世界上许多事，都是靠运气的，爱情也有运气的成分。现阶段，可以这么说，你运气不够好，你爱上的人，恰好人家没有同等对待你，或者那个人已经没有资格来爱你。你有没有想过，也许你不是不能放下那个你爱而不爱你的人，你是不愿意面对自己被挫败的感觉。"

方心怡不语。

我继续说："暗恋一个人，也许听起来很美。既然是暗恋，它应该是自己悄悄欣赏某个人，不求回报的。不过，你现在的情况可能有所偏离。你很喜欢你的导师，可是他并没有对应地对你做出反应，你就不知不觉地恨他，你觉得，这种恨是什么呢？"

方心怡喃喃说："就是恨他为什么不喜欢我？我年轻、人长得不差、功课也好，他凭什么不喜欢我？"

"你想想看，他带过的女研究生里，是不是只有你年轻、人长得漂亮、功课又好？"

"那倒不是。"

"如果满足这样条件的女生他都喜欢，那他喜欢得过来吗？就算喜欢得过来，这么不专一、这么没有诚心的男人，你还会喜欢吗？"

方心怡有些张口结舌。

我说："他完全有资格决定自己喜欢谁不喜欢谁。而且，你知道他现在非常忙，他的精力根本不在感情这个领域。也就是说，你几乎可以认为他是个无情无义的人。因为他有家庭，有相当不错的社会地位，他担心婚外情会破坏他现有的平衡，他会非常慎重，甚至会有意无意远离这一切。"

方心怡闷闷不乐，不说话。

我问："你还是恨他吗？"

她慢慢答："恨还是恨的，对一个人的恨，不会那么快就消除。"

"那么，如果你还是恨他，还是想报复他，你打算用什么方法？"

"这个，我还没想到。反正就是想报复，想解恨。"

"其实你之所以恨他，确实跟你爱他有关。有时候，爱确实可能会转化为恨。但是，爱，还可以转化为别的东西，比如宽容、祝福。你可以慢慢引导自己。另外，我看到过一句话，你不是想报复林云漠吗？那句话说：'对一个人最好的报复，就是你离开他之后，过得越来越好，非常好！'你想，如果你一直过得不好，那么，那个不爱你的人会非常庆幸自己没有爱上你；假如你过得非常好，越来越优秀，那么，那个不爱你的人也许会变得很佩服你，说不定，他很后悔自己当初没有爱上你，没有好好珍惜你。你说，这不是最好的报复吗？"

方心怡的眼睛亮了起来。她说，她要把这句话记下来。

我继续说："心怡，你看看你现在条件有多好啊，年轻、漂亮、聪明，你真的可以过得非常非常好。好好设计一下自己的未来。当你的生活有了目标，你会没时间去抑郁。"

方心怡沉默半晌，突然说："梦瑶老师，真抱歉我刚开始那么粗暴地对待你。我想不清楚你究竟用了什么方法，反正，我现在心里好受多了。"

她一眼看到地上的烟灰缸，犹豫了一下，不好意思地起身，把它捡了起来，轻轻放回桌上。

就凭她这个动作，我知道她会捡起更多美好的东西。

下午五点多，我接到了林云漠的短信："梦瑶，真对不起，可能我是太忽略你的感受了，但是请你不要离开我。这辈子，我们一定要是最好的朋友，永不离弃。"

我微笑，回了四个字："一言为定。"

真正美好的东西，是有生命力的，不会轻易成为过去。

我默默告诫自己：如果在这世上遇到爱情，一定要珍惜；但是请记住，那个爱你的人，如果能够始终如一固然好，可是他有可能不再爱你，也有权利不再爱你；只有自己对自己的爱，才可以真正不离不弃；请足够爱自己，让自己不匮乏、不迷失。

Chapter 30

不 老 的 妖 精

"梦瑶老师，我和杜林风准备做一系列心理学方面的活动，活动经费由一家大型药业公司全程赞助，想请您以心理专家的身份参与进来，好吗？到时候会根据您的工作量向您支付报酬。《风知道答案》栏目，还有省内几家平面媒体也会对活动进行宣传。"

收到李岑岑这条短信的时候，我正在给杨洋做咨询，不方便回复。

杨洋的情况有了很大的改观，在他父亲的支持下，他和许菲一起开了家房屋交易公司，公司一开张就接了好几单生意，很快步入了正轨。

他现在已经减少了前来咨询的次数，大约一个月左右来找我一次，我们聊的都是他怎么把生意做得更好、怎么增进他和许菲之间感情的话题。

送走杨洋我马上给李岑岑回电话："岑岑，真抱歉，刚才在做咨询，所以不方便回你的短信。你最近好吗？"

"梦瑶老师，我挺好的，您有时间参加我们的活动吗？"

"嗯，时间应该是可以调配的，你先发一份活动策划方案给我吧，我看怎么安排时间。"

在媒体保持一定的出镜率是一名心理咨询师走向成功的途径之一。

但凡事都要有个度，虽然唐艺馨已经从省电视台辞职去了英国，《婚姻评审台》另外找了个主持人，但这对我暂时没有影响，我仍然以专家的身份在这档栏目中出现。唐艺馨打来电话说她在英国边读书边给一所私立学校教中文，日子过得很充实。

说实话，如果邀请我的人不是李岑岑，恐怕我不一定会那么轻易接受。在省电视台一周录一次节目已经够我受的了，我不喜欢让自己太忙于应付热闹场面上的事情。

李岑岑可能感觉到我的口气有些勉强，她非常热心地说："梦瑶老师，杜林风很多次听我说起您，而且也通过网络阅读了您写的爱情心理小说，一直希望有机会跟您合作，所以这次活动方案一确定，他立刻让我跟您联系。另外，还有一个非常特殊的人物——一个快七十岁了、背影却依然像少女的美籍华人，姓齐，业内人士称之为'老巫婆'，会和您一起以导师的身份参与活动，相信你们的合作会很有意思。"

"噢，我也想见到杜林风，而且我也听过'老巫婆'的名号，只是还没见过她本人。好的，我非常期待参与这次活动。"

这倒不是客套话，因为参加这次活动，既可以跟久闻其名的心理学前辈"老巫婆"——因为这个名头太响，她的真名反倒被人淡忘——学一些招术，也可以见见久闻其名的杜林风，我确实是非常期待的。

第一次活动是在公园的草地上进行，活动内容是由"老巫婆"主讲心理剧。所谓心理剧，就是用戏剧化的手段治疗心理问题，由一个愿意分享自己某段创伤经历的当事人，在导师的指导下，用戏剧化的手法再现那次经历的场景，让当事人对自己有新的觉察，同时得到安慰和治疗。

已经是秋天了。长沙的秋天气候宜人，草木仍未黄落，大雁还没南归。凉风习习，让人神清气爽。

我远远地一眼就看到了一个极其富有魅力的背影——穿着丝质花长衫，宽松的很有垂感的裤子，一头黑黑的秀发垂到腰际，正在打电话。我暗想，这应该是个货真价实的美女。

我一走近他们，李岑岑迎了上来，我估计她身边一起朝我走过来的玉树临风的帅男就是杜林风。

李岑岑一介绍，果然我没有猜错。杜林风非常有男性气概，他和李岑岑站在一起，简直是一对璧人。我和他握手，嘴里彼此客套着，算是认识了。然后，那个一直打电话的美女转过身来，我一下子就知道她是谁了——怪不得人称"老巫婆"啊！我居然会被她的背影给吸引住——然而她的脸却掩饰不了岁月的痕迹，尽管那张脸比她的同龄人要显得年轻许多。

李岑岑先把我介绍给她："齐老师，这是我们本土有名的心理专家何梦瑶老师。"然后再笑着把她介绍给我："何老师，这是齐老师，鼎鼎有名的老—巫—婆，最近刚从美国回来，在内地逗留。"

李岑岑说"老巫婆"三个字的时候，特别注意分寸，故意放慢了语调，提高了声音，传达出友好、和善的情感，我们都笑了起来。

活动结束，我走到一边，很自然地给林云漠打电话。最近我们的联系不多也不少，一两周一次，有时候和一大堆朋友一起吃饭，有时候单独喝喝酒、喝喝茶，似乎两人都不约而同地在有意强调我们交往中的友情成分。也许这是更为明智的做法。

爱情，那是这世上最娇贵、最奢侈的东西。何况，我们都错过季节了。

爱的感觉不是没有了，而是，我们想让它隐藏在心中，让它成为生命之树脚底下看不见的、却让那棵树更有活力的根基。

友情比爱情的寿命更长，友情也比爱情更为强壮、更有生命力。

当然，如果能够拥有友情式的爱情，那无疑更需要智商和运气。

我满脸笑容地跟他调侃："大学者，忙不忙？"

"刚好开完会进办公室。你好像遇到什么开心的事情了？你的声音告诉我，你现在很高兴。"

"哈哈，你厉害。我现在在公园里搞一个活动，见到一个奇人，你听说过老巫婆吗？"

"老巫婆？我好像没听说过，是个什么人？"

"名如其人啊，七十岁的中国老太太，背影居然像少女。她是一个居住在美国的老牌心理咨询师，这段时间来国内参加活动。我刚才不明真相的时候，居然被她的背影吸引住了，那背影确实像个妙龄少女。"

"这样的人是不是有些恐怖？"

"才不呢！我觉得她是我的榜样。不，我要超越她，立志要当一个老妖精，不，是要当一个不老的妖精。"

"哈哈，那我要预祝你美梦成真。不过，以后我变成老头子了，你还是不老，那不公平。"

"那你也别老啊，我们一起修炼。"

"好！没问题，至少，我们可以人老心不老。"他在电话那头哈哈大笑起来。

挂掉电话，我注视着跟身边的人和开心谈笑的老巫婆，忍不住想，每个热爱生活、心中怀着梦想的人，他的心都可以永不衰老。

我坐回草地上，把自己跟这秋天的阳光、阵阵的清风，融合在一起。

生命从来不是孤单的。

生命是如此生生不息。

后　记

不断会有读者问我："晓梦老师，你写的这些人，都是真实的吗？"

我想这样回答："是的，他们大部分都是真实的，以一种艺术的真实，和你我一样生活在这个世界上，只是，可以肯定地告诉你，你不会知道他们是谁。除了我和他（她），没有第三个人知道他（她）是谁。"

因为在写他们的故事的时候，我对他们进行了伪装，姓名、年龄、身份、性别、故事情节，一切都根据需要做了矫饰和修改。不少人物是嫁接的，发生在这个人身上的事，我安放在另一个人身上去了。

在这本书里，心理咨询、美女主播的爱恨情仇、女人对爱情的渴望、男人对成功与财富的追逐、生命早期的缺失，这些元素，对我来说，实在是再熟悉不过了。

因此，这是写得相当顺利的一本书，一个多月的时间就完成了——如果不是因为经常偷懒，其实还可以更快。当然，快，未必是我很喜欢的状态。有时候，确实要有意识地让一些事情慢下来。

起初，看过毕淑敏老师写的《女心理师》，我并没想过自己也要写一本类似的小说。这本书的缘起，是某日和某信息技术有限公司的总经理以及一位美女作家一起吃饭喝茶，说起要写一本书在中国移动手机阅读平台上连载，我就开始琢磨到底写一个什么样的题材。当时想到了写电视台的美女主播——毕竟我在湖南卫视十年的记者生涯，可以为这样的角色提供不少素材和灵感；也想到了写亿万富翁的成功经历，后来灵机一动，决定用自己最熟悉的视角来写，把美女、富豪这些元素都纳入进来，于是就有了这本书的大纲。

还要再提一次毕淑敏老师，某次我电话采访写出了多本畅销书的毕老师的时候，我问她怎么才能写出畅销的书籍来，她说："作品有自己的命运。"我不知道这本书会有什么样的命运，希望它的命运与你联结，你能够读到它、喜欢它；希望它能给你的生活带来正面的、积极的力量。

我要隆重推介我的系列心理小说，可以自豪地告诉大家，以男心理咨询师的视角来写故事，描写包括一位被逼得走投无路准备自杀的权要人物、一个正在自我突破的中年女作家、一个恋上了男心理咨询师的富家女、一位刚刚毕业即代人受孕的女大学生，这一系列角色，我同样写得非常有感觉。

期待与大家在生命故事里、在人性最深处，喜悦相逢。

图书在版编目（CIP）数据

我用什么来安慰你 / 晓梦著. — 北京：北京联合出版公司，
2015.10
ISBN 978-7-5502-5882-2

Ⅰ. ①我… Ⅱ. ①晓… Ⅲ. ①短篇小说－小说集－中国－当代
Ⅳ. ①I247.7

中国版本图书馆CIP数据核字(2015)第191530号

我用什么来安慰你

出版统筹：新华先锋
责任编辑：李艳芬　王　巍
策划编辑：黎　靖　李　娜
封面设计：王　鑫
版式设计：杨祎妹
封面绘图：吴　莹　吴金峰

北京联合出版公司出版
（北京市西城区德外大街83号楼9层　100088）
北京鹏润伟业印刷有限公司印刷　新华书店经销
字数127千字　620毫米×889毫米　1/16　16印张
2015年12月第1版　2015年12月第1次印刷
ISBN 978-7-5502-5882-2
定价：36.00元